庫

文庫書下ろし

ぶたぶたのおかわり！

矢崎存《あり》美《み》

KOBUNSHA

光　文　社

この作品は光文社文庫のために書下ろされました。

目次

魔女の目覚まし

低血圧の人は朝起きられない、と聞くが、つまりそれって、自分は低血圧ということなのだろうか。血圧なんて、そんな測ったことないけれど。

滝尾文則《たきおふみのり》は、今朝もぼんやりしながらそう思う。血圧計……買おうかな……。

「朝からボロボロだね」

背後から会社の先輩・石川環《いしかわたまき》の声がする。

「仕事の効率も上がらないみたいだね」

ほっといてくれ、と言いたいところだが、この人は自分の教育係なのだ。三つ年上の美女なのだが、とても仕事ができて面倒見もいいので、尊敬する先輩である。

「こんなに朝に弱い人って、初めて見た」

嫌味に聞こえそうだが、実際の彼女はサバサバした男前の人だ。文則に心底呆《あき》れているのだろう。

それは自分でも充分わかっている。自分よりも朝に弱い人に会ったことがない。それには自信がある。悲しい……。

「これでも、いろいろ試してるんですけど……」

「成果は？」

「微妙です……」

今のところ、遅刻は一回だけ。初日ではなかった、というのが奇跡的だ。でも、研修中にも遅刻している。それを勘定に入れると……三回ほど。

とりあえずまだ不問だが、何回も続いたらどうなることか。

遅刻してクビになる恐怖もあるけれど、毎朝毎朝ギリギリ状態での通勤ストレスの方に身体《からだ》をやられそうだった。「遅刻しちゃいけない」と思うだけマシかもしれない。「別にいいや」みたいに思っていたら、仕事に就《つ》くこともできなかったかも。

かといって朝はすんなり起きられないし……ああ、胃が痛い。

「それって、朝ご飯食べてないせいじゃないの？」

「え？」

すごい、この人は心が読めるのか。

「いや、胃を押さえてるから」

あ……無意識に手が行っていたらしい。

「それもありますね……」

朝食をとっているヒマなどない。

「ちゃんと朝ご飯を食べないとダメだよ」

「それはわかってますけど……」

小学生の頃は起きられていたのだが、中学生になった頃から、食卓で朝ご飯をまともに食べたことがない。朝は起きて、じゃなくて起こされて（主に母に）、着替えをして家を出るのが精一杯。食べられてパン一枚、たまに味噌汁ひと口。おにぎりを口につっこまれたこともあった。

大学に入って一人暮らしを始めたのだが、遅刻をしながらもなんとか工夫して卒業までこぎつけた。友だちには「ミラクルだ」と言われた。

ただ仕事となるとそんなこともしていられない、というのは、自分でもわかっている。

「血圧低いんですかね――」

「だから、ご飯食べて血圧と血糖値《けっとうち》を上げなさいよ。頭に血と糖分回さないと、午前中使い物にならないでしょ、あなた」

そう言われると何も反論できない。途中で何か買って会社で食べようと思っても、いつもギリギリの出社なので、口にも入れられないまま昼になってしまうことが多かった。「起きられない」ということが時間の無駄になる、というのを仕事を始めてようやく実感していた。「遅すぎる」とみんなに言われたけれど。

「いつも何時に起きてるの？」

「なんとかして八時までには起きようとがんばってます」

始業は九時で、通勤時間は一時間弱。ほんとにギリギリなのだ。

「目覚ましは何時にかけてるの？」

「七時に」

一時間起きようともがき続けている。もっと早く起きたらいいのかもしれないと思って目覚ましを六時にしたら、二度寝をして遅刻した。

「結局起きるのはほぼ八時ってこと？」

「そうですね……」

「それで十二時まで使い物にならないのか——」

環はしばらくブツブツつぶやいていたが、

「つまり、始業の四時間前に起きればよくない!?」

「よっ――!」

言葉が続かない。「起きられない」という話をしていたはずなのに!

「五時に起きればいいってことだよ。けっこう普通じゃん。めちゃくちゃ早く起きなくてもいいんだから」

「その発想はなかったです」

五時になんて……旅行以外でそんな時間に目を覚ましたことがない。未知の時間帯だ。

「なかったんだ……」

「でも、そうなると早く寝ないといけないってことですよね」

「それは今考えない! あなたが今身につけないといけないのは、どうやったらまともに起きられるかってことなんだから」

そういうもんだろうか……。

でも、すっきりした目覚めを身につけないことには、遅かれ早かれつらくて仕事を辞めてしまいそうだった。もっと時間の自由がきく会社もあるだろうが、そこに入社できるかわからないし、入社できなかったら、バイトか時間に縛られないフリーランスの仕事ということだが……バイトはこのご時世《じせい》不安だし、フリーランスとして身を立てるには社会経験が少なすぎる。だいたい何のフリーで食っていけるというのだ。そんなの夢みたいなことだって、小学生にだってわかる。

あとは夜の仕事、と単純に考えるとそうなるだろうが、実はいつ起きても同じなのだ。朝でも夜でも、とにかく起きられない。

何より、希望の会社に入れたので、辞めたくなかった。環のような美人の先輩もいるし……。

ここで脱落するか、あるいは克服して社会人としてきちんと働けるか――もしかして、正念場？

「五時に起きて、朝ご飯をちゃんと食べて出勤する。余裕で間に合うよ」

教育係ってこういうことも指導しなくてはならないのか？　それとも俺にだけ？　いや、いい意味ではなく、悪い意味で。世話をかけていて申し訳ない……。

「でも、料理はできないんです」

文則がそう言った時の環の呆れた顔は忘れられない。

「パンとコーヒーでも食べなさいよ！　前の日に買っとけるでしょ！」

「そうですね……」

そうなんだけど――味気ないなあ。

母は偉大だった。身体が大きく、力のある母は、目覚ましが鳴っても起きない息子をベッドから引きずり出し、学校に送り出すような人だったのだ。

家に帰れば温かい食事があり、弁当も毎日持たせてくれた。

一人暮らしをしたいとずっと望んでいたし、大学の頃は食事なんてなんでもいいと思っていたけれど――仕事を始めたら、外食以外でできたては食べられないことが意外とダメージになる。

でも、しゃっきり起きられるようになったら、自炊《じすい》をする気も起こるかもしれないし――とにかくこのままではいけない。何か一つでも克服しなければ、と文則は珍しくやる気になっていた。


が、翌朝さっそく挫折《ざせつ》する。

遅刻はしなかった。しかし、五時に起きられなかったし、朝食も食べられなかった。

起きるまで、三時間かかったからだ。結局、いつもと同じ。

翌々日も、翌々々日も同じことをくり返し、一週間後には隣の部屋の人に「目覚ましを三時間鳴らすのはやめてください」と言われてしまった。

さすがに情けなくて、ちょっと泣いてしまう。

「全然五時に起きられません」

と環に相談した次の日、彼女は家から何か得体のしれないものを持ってきた。U字型の枕のようなもので、柔らかそうだけれど触るとけっこう固い。

「これとタイマーをつないで、寝てみなさい。タイマーも家から持ってきたから」

「なんですか、これは」

「マッサージ器よ。父親が買ったんだけど、すぐに飽《あ》きちゃってほっとかれてるものだから、あげる」

「ああ、肩にかけるんですね」

タオルのように首に回してみるとぴったりだった。試すために電源を入れようとすると、

「ああっ、スイッチはまだ押さないで！」

「どうしてですか？」

「せっかくだから、何も知らないで使ってよ。びっくりするから」

知ってても寝ている間ずっと意識しているわけじゃないと思うけど――。でも、肩こりとは無縁なので、使っても仕方ない。

環に言われたとおり、タイマーとマッサージ器をつないでふとんに横になる。寝つきはいい。ものすごくいい。数を数えると、いつも二十までいかない。

しかし、今日は少し寝にくかった。想定内なので、そんなに気にならないけれど。

明日こそちゃんと起きられますように――と祈りながら、文則は眠りにつく。

ドコドコドコドコ!!

次の朝、さすがの文則も目が覚めた。というより、びっくりして目を開けた。目の前が揺れている。耳元では大きな音というか、衝撃《しょうげき》が!

何っ、何が起こった!?　まるで妖怪《ようかい》が耳の後ろで暴《あば》れてるみたい！　うちの部屋で、いったい何が!?

飛び起きた次の瞬間、ふっと静かになったと思ったら、またドコドコドコ！　と肩を猛烈《もうれつ》な勢いで叩かれた。

痛い痛い！　どういうこと⁉

とっさに枕元の時計を見る。五時。

あっ、と思い出す。これは、マッサージ器だ。それにしてもこんな――背後霊が怒ったみたいな叩き方っていうか殴り方はなんなんだ⁉

ひっついた妖怪をはがすように、マッサージ器を肩から降ろす。軽くなった。本当に取り憑《つ》かれていたみたいだ。壁にもたれかかって、床に転がったマッサージ器を見つめる。まだ化け物の赤ん坊のようにうごめいていたので、あわててスイッチを切った。

「うわー……目が覚めた」

頭シャッキリとまではいかないが、とりあえず起きられた。すごい、これ。よく見ると、設定が最強になっていた。環が「いじるな！」と言っていたのは、こういうことだったんだな。

とりあえず出勤しよう。

歯を磨《みが》いて、冷たい水で顔を洗い、超辛口《からくち》のマウスウォッシュで口をゆすぐ。冷たさと辛さの刺激が消えないうちに着替えて、外へ出る。

道路を歩き出すと、朝のさわやかな空気に包まれた。思わず深呼吸をする。

まだ少し頭はぼんやりしている。あんなに恐ろしい目にあって起きたのに。あとちょっとって感じなんだよなー。頑固《がんこ》な自分の頭の中を呪《のろ》いたい。

あっ、これはきっと朝食をとれば解消できるんだろう。駅前で食べるか、電車が空《す》いているうちに会社まで行って、近くのファストフードにでも——と思ったら、目の前を不思議なものが横切った。

ぶたのぬいぐるみ。

バレーボールくらいの大きさの薄《うす》ピンク色のぬいぐるみが、二足でさっさか歩いていた。大きな耳が揺れている。右側がそっくり返っていた。

あれ、俺、まだ寝てるのかな？　起きたつもり⁉　二度寝してる？

文則は呆然《ぼうぜん》としてその後ろ姿を見送った。しっぽがきゅっと結ばれている。

そして、思いっきり頬をつねった。

「いてっ、いてててっ！」

と大声を出して『ヤベッ、まだ早朝！』と口をふさぐ。

なんというベタなことをしているのだろうか、俺は……。驚きすぎて、疲労感さえ覚える。

ぬいぐるみが去っていった方向を見た。もう何も誰もいなかった。

一応頬が痛かったから、夢ではないようだが、それはとても信じられなかった。こっちがスケールを勘違いした着ぐるみが歩いていたのだろうか？

マッサージ器と同じくらいの衝撃だった。夢だとしても。こういう夢を毎日見られるといいんだけど。思い通りの夢が見られる方法ってないのかな？

夢なら、なのだが。

「あれ？」

じんじんする頬を押さえて、文則はつぶやく。目が覚めた？

頭の中のぼんやりしたものが、すっきり取れている。さっき驚いたのが功《こう》を奏《そう》したようだ。

「やった！」

小さく叫んでガッツポーズを取り、駅に急いだ。電車もいつもより空いている。会社近くのファストフードで朝食を食べ、頭に血液も糖分も回ってバッチリ。九時には準備万端整って、午前中からバリバリ仕事をこなすことができた。

「すごい！　滝尾、起きられればできる奴だったんだね！」

環にキラキラした目でほめられる。うれしい。

「ざっとこんなもんっすよ。これからの俺を見ててください！」


と言ったものの、次の日にはまたどん底に落とされる。

なんと、もうマッサージ器に慣れてしまったのだ！

いったんびっくりして目が覚めたのだが、「あ、マッサージ器だ、これ」と思ってスイッチを切って二度寝してしまい——結局何度目かの目覚ましのスヌーズでやっと起きて元《もと》の木阿弥《もくあみ》という——あまりの順応性に、我ながら呆れる。

昨日の仕事ぶりとはうってかわった今日の文則に、環はため息をつく。いかん、挽回《ばんかい》せねば！

「でも、一つ発見しましたよ、石川さん」

「何？」

そんな「どーでもいい」みたいな顔はしないで……。

「びっくりすると目が覚めるってことに」

「——それって割と普通のことじゃない？」

「えっ、そうなんですか⁉」

ちなみにいつもこの手の会話は、主に昼休みにしている。

「よく考えれば、そんなびっくりして目を覚まさないよね、普通の人は」

そこまで行かなくても、みんな目を覚ますんだ……。

「できれば複数回驚ければな、と思うんです。この間起きられた時はそうでしたし」

環の気持ちは無視して話を続ける。

「でも、一つはもうつぶれたわけだ」

「はあ、まあ、そうですね」

「あげたものだから、マッサージ器は適当に使って。それより、他にもびっくりしたことあったの？」

「ありました」

「どんなの？」

「道をぶたのぬいぐるみが歩いてたんです」

「……夢？」

「そうかもしれません」

「夢の中でびっくりしたの？」

「多分」

「同じ夢が見られれば、起きられる？」

「……多分」

自信ないけど。

「けど夢じゃそんな簡単に見られないか」

それはとても難しいことだ。

「現実だったらもっとびっくりですよね！」

「現実ならねえ」

あれなら、何度見ても驚きそうなのに。

数日後、環が興奮したようにネットのグルメ記事を見せてくれた。

「ねえ、ここ、滝尾の家からすぐじゃない！」

朝食カフェ、というのがあるらしい。

「へえ、知らなかった」

住所を見ると、本当に近くだ。駅へ行く方向とは違うから、今まで知らなかった。休みの日に周囲を散策なんて趣味もないからなあ。

「起きたらここに行って、目が覚めそうなもの食べてきなよ」

「えー、でも会社の近くで食べた方がよくないですか？」

「あなた今朝、マックで寝てたんだって？」

「……はい」

同期の奴が見つけて声をかけてくれなかったら、どうなっていたか。

「いろいろ試す！」

「はい……」

「この店で思いっきり濃いコーヒーでもいれてもらったら？」

「エスプレッソ飲んでも眠れるんですけど……」

「行ったらどんなところか教えてね」

文則のことは置いといて、かわいいカフェという感じなので、さすがに気になるらしい。

とにかくいろいろ試して、次の日はむりやり起きた。あまりうるさくしても隣人に迷惑なので、なるべく振動で起きることを目指す。マッサージ器は継続して使うが、他にも現スマホと歴代携帯電話のバイブ、光で目覚めさせてくれる時計（昔、誕生日にもらった）、自転してなかなか音を消せない時計等々――。スマホのアプリもいろいろ入れた。利用できるものはなんでも利用して、なんとか五時半に起床することができた。

しかし眠い。目はまったく覚めていない。

ここで一発、非常にびっくりして覚醒《かくせい》したいところ。でも、家の中ではそんな驚くようなことは起きるはずもない。

とにかく環おすすめの朝食カフェへ行ってみよう。

ぼんやりしながら、なんとか地図を元に行き着く。

さわやかな外観だ。鮮《あざ》やかな青い壁が目にまぶしい。カントリー調というのだろうか。アメリカ映画で見る田舎《いなか》家《や》みたいなたたずまいだった。

開店したばかりのようだ。でも、席はもう半分埋《う》まっている。客はトレーニングウェアの人や散歩風の人、スーツや作業着の人もいる。幅広い年齢層で男女比も半々くらいだ。

なかなか評判のいいところらしい。

「いらっしゃいませ～」

自分の母親を彷彿《ほうふつ》とさせる明るい中年女性が席に案内してくれる。

「ご注文は？」

「あの……初めてなんですが」

うわ、我ながら眠そうな声。

「あら？　目が覚めてませんね？」

にこにこしながら彼女は言う。

「はあ……」

「じゃあ、濃いコーヒーでも飲みませんか？」

「そうれすね……」

言えてないよー。

「メニューごらんになっていてください。コーヒーお持ちしますね」

「はい……」

「コーヒー、カフェイン多めで！」

「はーい」

奥から男性の声で返事があった。

眠気をこらえながら待っていると、奥から何やら小さなものがぴょこぴょこと出てきた。

「わっ」

思わず声が出る。あれだ！　あのぬいぐるみが出てきた！

えっ、どういうこと⁉

ぬいぐるみは、自分の半分くらいはあろうかという巨大なマグカップを持っていた。倒れる⁉　大丈夫なの⁉　すっごくハラハラするんですけど！

「お待たせしました、コーヒー、カフェイン多めです」

こぼさないよう見事に向かい側の椅子に飛び乗り、カップを差し出した。よく見ると、普通のマグだった。

「あ、単に濃いコーヒーってだけですよ」

小さい手を突き出た鼻の前で振る。

うわ、これってやっぱり夢なのか……。でも、かわいいぬいぐるみの声がおっさんって、変な夢だ。

頬をつねる。

「痛たたたたっ」

思ったよりも痛くて、けっこうな大声が出た。もういないかと思ったら、ぬいぐるみはまだ向かい側にいた。

黒ビーズの点目がぱちくりしたように見えた。きっと錯覚《さっかく》だ。

「ぶたぶたさん？」

さっき注文を取りに来た女性が声をかけたら、呪縛《じゅばく》が解けたように耳がピクッとした。

「あ、すみません……。久々に見たな、と思って——」

口のあたりというか、鼻をぎゅううっとつぶしているが、これは「口をつぐんだ」というやつだろうか。

まあね、今時、夢かと思って頬をつねるなんて、この歳《とし》になるまで文則だってやったことなかった。なのに、ここ最近で二回もやってしまった。

「あ、すみません、注文は麻子《あさこ》さんの方にどうぞ」

麻子と呼ばれた女性がテーブルへやってくる。ぶたぶたと呼ばれたぬいぐるみは、厨房《ちゅうぼう》に戻っていった。すーっと滑《すべ》るように走って。速い。

まさか、料理人？　いやいや、それはないでしょ。ぬいぐるみが料理を作るなんて、自分がいるのはそんなファンタジーな世界であるわけがない――はず。

しかし、びっくりしたおかげで目が覚めた。コーヒーも飲んでいないのに。

「ご注文は？」

「あっ――もう少し待ってもらってもいいですか？　ていうか、おすすめは？」

初めての店だし。


その店――〝こむぎ〟で、文則はたっぷりと朝食をとった。

焼きたてのビスケット（クッキーみたいなのではなく、パンみたいなやつ）と半熟目玉の両面焼き、チキンサラダと熱々のトマトスープ。

ビスケットが衝撃的だった。しっとりしているのにふわふわで、焼きたてだからそのまま食べてももっちりと甘い。メープルシロップをつけたら止まらなくなって、三つも食べてしまった。

他のメニューも全部ボリュームがあっておいしくて、しかも安い！　朝からこんなにいいのかってくらいガツガツ貪《むさぼ》った。

さっきのぬいぐるみが出てこないかとずっと気をつけていたのだが、結局帰るまで姿を見せなかった。料金を払う時、麻子に訊《き》いてみる。

「あの……あのぬいぐるみ、さんは？」

「ぶたぶたさんは、ここの店主ですよ。料理もやってます」

なんのためらいもなく答えられてしまった。

「さっきはなんで出てきたんですか？」

「人手が足りなければ、手伝ってくれるんですよ」

店主なんだから、手伝っているのは彼女の方だと思うのだが、それは言わなかった。

ぬいぐるみが働き者とはまた衝撃的だ。


「今日、調子いいじゃない？　朝ちゃんと起きられたの？」

「起きられました」

ものすごく驚いたから。

「どうやって起きたの？」

環に訊かれて説明しようと思ったが、どう考えても本気にはしてもらえそうにない。

「えーと……朝ご飯食べたところで、すごく驚いたことがあったので」

とりあえずそう言う。

「そうなんだー。マッサージ器、役に立ってる？」

「立ってますよ。まだちゃんと使ってます」

「そうか。たまには本来の目的でも使ってあげて」

とりあえずそれで話は終わった。

文則としては、今朝の驚きがマッサージ器のようにあっさり慣れてしまわないよう祈るのみだ。


とにかく一度目覚めたら、二度寝だけは避けねばならない。

今朝はそのことに集中し、冷たい炭酸水を一気飲みしてみた（会社の人たちがけっこう入れ知恵してくれる）。ゲホゲホ咳《せ》き込んで、ちょっと目が覚めた。でも苦しかった。

ぜえぜえしながら着替えて、またこむぎへ向かう。朝食をとるのととらないのとでは、だいぶ違うというのはよくわかったのだ。

「今朝も眠そうですね」

麻子が声をかけてくれた。眠そうな人には何か言うという決まりでもあるのか。

「はあ、眠いです……」

「じゃあ、あっついものを食べてみたらどうでしょう？」

そんなに熱々なものがあるのか。さっと食べられないではないか。でも、

「食べます……」

もうなんでもいいって気分である。だって眠い……。

「おすすめはフレンチトーストですけど、お味はどうなさいます？」

「じゃあ、このクリームチーズで……」

フレンチトーストが熱々ってなんだよ、だいたいフレンチトーストもどんなものかよく知らないのに――と思っていると、鉄板に載《の》せられてじゅうじゅう言っているものが運ばれてきた。

え、ステーキを頼んだ憶えはないけど――と思ったら、

「フレンチトーストと豆たっぷりのミネストローネです」

麻子が言ったのは、確かに自分が注文したものだった。ぶ厚いフランスパンが二切れ、

きつね色に鉄板の上で焼けていて、クリームチーズがとろりと溶《と》けている。

「冷めないうちにどうぞー」

ナイフとフォークでハグハグしながら食べた。外はカリカリと香ばしく、中はしっとりと味が染《し》みている。クリームチーズはあっさり目で、ヨーグルトのような酸味を加えてくれる。見た目よりもずっとボリュームがあった。

かなり熱かったので、難儀《なんぎ》しながら食べた。さっきよりも目が覚めた気がする。

でも、昨日の方がもっと目が覚めてたな……どうしてだろう。

と思ったら、会計の時レジのところにぶたぶたがいて驚いた。

「ありがとうございました」

「は、はひ……」

変な声が出てしまう。

「眠気、まだ取れませんか？」

「いやっ、取れました取れました！」

二度も言う必要ないのに、念を押したくなった。

「そりゃよかったです。またいらしてください」

「はいっ、近所に住んでるんで、また来ます、多分明日もっ」

「お願いします」

おつりをもらう時、ちょっと握手みたいになって、ドキドキした。

店を出てからもそのドキドキは続いて、結果的に目が覚めた。

あのぬいぐるみに対する驚きは、持続性があるのかもしれない？　ちょっと望みが出てきた。


次の日はちょっとだけ二度寝をして焦《あせ》ってしまったが、支度《したく》を急いだおかげでほとんど時間変わらずにこむぎへたどりついた。

しかし、今日は注文する時、こんなことを言われた。

「そんなに眠いのなら、特製ドリンクを飲んでみませんか？」

麻子の言葉にちょっと怯《ひる》む。

「目の覚めるドリンクなんですか……？」

「ぶたぶたさんの特製ですよ」

ぶたぶたさんの！　それは飲んでみたい！

「じゃあ、ください」

「アイスですか？　ホットですか？」

「……効果に違いがあるんですか？」

「好みですね」

それだけですか……じゃあ、ホットで」

「ええと……。

「承知しました。ぶたぶたさーん、『魔女の目覚まし』オーダーです！」

何？　なんて言ったの、魔女の何？　ていうか、魔女ってほんと？　今度は妖怪じゃなくて魔女かよ――。

しばらくすると、ぶたぶたがその「魔女の目覚まし」らしきものを持って、奥から出てきた。

ガラスのカップに入っているその「飲み物」は、紫色だった。ぶどうジュースのような鮮やかさはなく、濁《にご》っていた。ナスみたいな色だった。

まさか、本当にナス……!?

「どうぞ」

そう言って、ぶたぶたが差し出す。

おそるおそるカップを口に近づける。ものすごい刺激臭、あるいはナスの匂《にお》いがするものと思っていたのだが、意に反して匂いは薄い。お茶っぽい？

はっ、「魔女の目覚まし」ということは——いろいろなものを煎《せん》じたのかも！　イモリのしっぽとかマンドラゴラとかマムシの黒焼きとか。そんな魔法の薬というか飲み物を、どうしてこんなカフェで出してるの⁉

「どうぞ召し上がってください」

ぶたぶたの目がワクワクしているように見えて仕方ない。関係ないけど、ぶたぶたの声はおじさんなので、「魔女」ではなく「魔法使い」だよな、などと思う。

ちょっとだけすすってみる。

「うっ」

苦い。薬っぽい？　いや、そういう苦みとは違う気がするけど、どういうものか説明できない……。しかも、次には——あれ、甘いよ！　なんだこのほのかな甘みは！

飲み込むと、不思議な後味が残った。さわやかな香りが鼻に抜けていく。

「何これ⁉」

色と名前からは想像もつかない味がする。ナスではない、気はする。

「なんか苦いですけど、甘い……」

もう一口飲んでみる。苦みと甘みとさわやかさが渾然一体《こんぜんいったい》となっている。

「目は覚めましたか？」

ぶたぶたに問われて、

「はい」

と答えたが、それはこの飲み物のせいではなく、彼のせいだ。もしかしてこの飲み物は、文則のために調合してくれたのではあるまいか。そんな特別な飲み物を、なぜ俺のために作ってくれたのだろう？　彼は本当に魔女、じゃなくて、魔法使いなのかもしれない――。

「ぶたぶたさん、それ何⁉」

隣のテーブルから声がして、我に返る。

「これは『魔女の目覚まし』って飲み物です」

隣のテーブルには、トレーニングウェアを着た若い女性が座っていた。ウォーキング帰りという雰囲気だ。

「あたしも飲みたい。出してもらえるの？」

「はい、どうぞ」

あっさりと答えられて、ちょっとだけ落ち込む。いやいや、それが当たり前だから。

「あっ、高いの？　もしかして」

「いえ、材料は至って普通ですよ」

そうなんだ……。いったいなんなんだろう、これは……。ちびちび飲みながら、思い出せそうで思い出せない。

「あっ！」

時計を見たら、もう行かないといけない時間だった。

「ぶたぶたさん、ごちそうさまでした」

ぐーっと「魔女の目覚まし」を飲み干す。なんだかお腹《なか》がスッとする。

「はい、ありがとうございました。またいらしてくださいね、いってらっしゃい」

ぶたぶたはそう言って厨房に消えていった。

あれはいったいどういう飲み物なんだろう……。

仕事の合間に、そんなことを考えていたら、

「今朝はちゃんと起きられたみたいね？」

と環が訊いてきた。

「はい。今朝はびっくりしたんで」

「そうなんだ。びっくりするのがやっぱり覚醒の鍵なんだね」

「『覚醒の鍵』ってなんだか中二病っぽいですね」

「そう？」

言ってしまってから後悔したが、この人は「中二病」が何か知っているのだろうか。

そういえば、「魔女の目覚まし」っていうのも中二――っぽいのか？「魔女の目覚め」だったらそうかもしれないが、単純にあのビジュアルからのネーミングだと思う。

色だよな、やっぱり。強烈な色だった――。

「何、渋い顔してるの？」

あ、つい考えていたことが外に出ていたらしい。

「いや、今朝飲んだ珍しい飲み物のことを考えてたんですよ」

「何それ？」

「『魔女の目覚まし』って名前の目覚ましドリンクを飲まされたんです」

まあ、注文したんだけれど。

「え、なんでそんな名前なの？」

「色がまず紫色なんです。ナスみたいな」

「ドロドロしてそう……」

「いや、サラサラしてました。でも、沈殿《ちんでん》しているというか」

「あー、沼の水みたいな」

そう言われると、どんどん飲みたくなくなってくる。紫色の沼ってなんだ、毒沼？

「味は？」

「えーと、苦くて甘くてさわやかでした」

環が微妙な顔をする。

「期待していた答えと違うわ」

「どんなの期待してたんですか？」

「すごく苦くて、吐き出しちゃうような味」

「そんなことはなくて、ちゃんと飲めましたよ。ていうか、そんなの店で出さないでしよ、普通」

「あるいは、ぶどうの味よ。ぶどうじゃないんでしょ？」

「違います。そういう甘さじゃなかった」

「紫芋でもない？」

「紫キャベツでもないですね」

「ビーツでもない？」

「ビーツってなんですか？」

「紫色の野菜よ。もちろんナスでもないのね？」

「違います」

「じゃあ、なんなの？」

「……訊くの忘れました」

「なんで⁉」

我ながらマヌケだとは思う。

「材料がわかれば、家で作れるかもしれないのに！」

「？　なんでそれを家で作るんですか？」

「お店に行かなくても、家でその目覚ましドリンクを飲めるでしょ？」

あ、そうか。環は（そしてこむぎの人たちも）、あの飲み物で文則が目を覚ましたと思っている。

「いや、あそこ行って飲むからいいですよ」

行かないと意味がない。

「そんなにお店気に入ったの？　どんなお店？」

「けっこうおしゃれというか、かわいらしい店ですよ？」

「料理はどうなの？」

「すごくおいしいです！」

それは全力で言いたい。

「いいなあ、行ってみたい」

「朝六時から、えーと午後は何時までだったっけな、ランチタイムが終わるくらいまでですよ」

「昼は食べられるんだね。でも、朝食食べたいなあ」

「始発で来ますか？」

「そんなことはしない。今日は金曜日じゃない。滝尾くん、つきあいなさいよ」

と言われてちょっとドキッとする。え、いったいどういうこと？

なんか最近、無駄にドキドキしているような気がするが、環の言う「つきあい」とは、飲みに行って、そのあとカラオケで夜明かし、ということだった。会社近くの彼女行きつけの店で飲み、文則の最寄り駅前のカラオケボックスで歌いまくった。主に環が。彼女のレパートリーは洋楽からアニソンまで無尽蔵《むじんぞう》だったのだ。こっちもヤケクソになって、ヘヴィメタなどを歌いまくった。

そして、こむぎが開く時間になる。

「やったー、パンケーキ食べようー」

環は元気いっぱいだった。文則もずっと起きているので、いつもと勝手が違う。

これって朝帰りなんて誤解されちゃうかな——などと自意識過剰なことを思いながら、こむぎに入った。

「おはようございます」

麻子がにこやかに挨拶《あいさつ》をする。いつもより広めの席に案内してくれた。

「メニュー、いっぱいあるね！」

そういえば見たことなかった。眠いので、おすすめをそのまま食べていた。

「すごいすごーい、お食事パンケーキにしようかな！」

環のテンションはかなり高い。でも、このメニューを見てワクワクしない人なんているんだろうか。食べていないものがいっぱいあった。目が覚めていない時、思い出せる確率は低いけど。

「じゃああたしは、パンケーキと半熟目玉と厚切りベーコン。それからトマトスープ」

環はかなり迷ったあげく、割とオーソドックスなものにした。これだけバリエーションがあると、基本のものが食べたくなる気持ちはわかる。

「スープ、スパイシーでおいしかったですよ」

「辛いの？　へー、朝から珍しい感じ」

でも唐辛子ではなく胡椒《こしょう》の辛さなので、思ったよりも胃に優しい。鼻がよく通るのがすごくいいと思うのだ。

文則は大好きなビスケットとチーズオムレツとソーセージ（大盛り）、きのこのソテーサラダ。

「飲み物は？」

「あっ！　あたし——あれ、『魔女の目覚まし』ってメニューにないんだね」

ほんとだ。載ってない。

「あ、それは特製なので。でも、作れますよ」

「じゃあ、それをください」

「俺も」

「はい、わかりました。今朝は目が覚めてるんですね？」

「徹夜したんで……」

「あ、なるほど〜」

麻子は納得した顔で戻っていった。

さて、ぶたぶたは出てくるだろうか。環が彼を見てどういうリアクションをするのか、楽しみだ。

しばらくして料理が来た。麻子が運んできたが、その後ろからぶたぶたが飲み物を持ってきたのが見えた。

環はカラオケが楽しかったらしく、「今度はこれを歌いたい」（まだレパートリーあるのか⁉）などと話していた。

「どうぞ。『魔女の目覚まし』です」

テーブルに紫色の飲み物が置かれる。いつの間にか脇に椅子が置いてあった。多分、麻子がさりげなく持ってきたのだろう。

「わー、ほんとに紫だ——って、あれ？」

彼女の視線が、「魔女の目覚まし」からぶたぶたに釘《くぎ》づけになる。そして、文則に移動する。何度も何度も忙《せわ》しなく。

「どうぞ。召し上がってください」

「え、どういうこと？」

「この『魔女の目覚まし』を作ってくれたぶたぶたさん。ここの店主」

「え？」

「料理も作ってるんだよ」

環は穴があくほどぶたぶたを見つめた。そして、

「徹夜明けだからかな……」

とつぶやいた。

「違いますよ」

「ええっ？」

いつも冷静で、テキパキと仕事をこなすかっこいい環が、うろたえている様子が面白い。

「とにかく、冷めないうちに飲んでくださいよ、石川さん」

「でも……何の飲み物かわからないんだよね？」

「変なものは入れてませんよ。ぜひ当ててください」

ぶたぶたに言われて、ビクッとする。

「けっこうおいしいと思いますし」

「わ、わかった……」

環はこわごわカップに口をつける。口に液体が入った瞬間、顔をしかめたが、やがて首を傾《かし》げたり、匂いをかいだりして、もう一口。今度はかなりの分量をゴクリと飲んだ。

「うん」

カチッとソーサーにカップを置いて、環は言った。

「緑茶だね」

「ええっ⁉」

文則が叫ぶ。嘘っ、全然緑茶っぽくない！　甘いし！

「当たりです～」

ぶたぶたがぽふぽふと手を叩いている。かわいい。環もそう思っているらしく、さっきとは違う目でじっと見つめている。

「でも、味が違いますよ！」

「ミントも入ってますね？」

「そうです。乾燥のですけど」

まるで仕事の打ち合わせのように、ぶたぶたと会話をしている環。

「緑茶にミントは、かなり目が覚めそうな組み合わせですけど、どうして色が紫なんですか？」

「それは、蜂蜜入れたら変色したんです」

蜂蜜⁉

「蜂蜜かー！　けっこう色変わりますよね」

「ハーブティーなんかだと色鮮やかになる場合もありますけど」

「紅茶だと濁ったりすることもありますよね」

なんだか気が合っているんだけれども。

「本当は、緑茶も新茶が一番いいんですよ」

「そうなんですか？」

「新茶はほんとに目が覚めますよ。夜眠れなくなるくらい」

「へーっ！」

「でも、新茶のない時どうすればいいのかな、と思って、ミントを入れたんですけど、そしたら色はともかく苦いというかなんというか、とにかく飲みにくくて」

「その時の色は何色だったんですか？」

「濃い緑色の沼って感じです」

どっちにしろ沼の水なのか……。

「それで蜂蜜を入れたら、こんな色になっちゃったんです」

「それで魔女？」

「いかにも魔女が鍋かき混ぜて作ってそうな怪《あや》しい色でしょ？」

二人はすでにウフフフと笑い合うくらい仲良くなっている！

「一応メニューに出そうと思ってたんですけど、あまりの毒々しさに結局たまにこうやってネタとして出すって感じになってますね」

ネタか……これは文則のための特製ドリンクではなく、ネタ……。

ちょっとショック。

「あ、すみません、料理も冷めないうちに召し上がってください」

「こちらこそお忙しいのにお話ししていただいて、ありがとうございます」

環は、しばらくぶたぶたの後ろ姿を穴があくほど見つめていたが、彼が見えなくなってこっちに向き直ると、

「いただきます！」

と猛然と朝食を食べだした。

「おいひー！」

パンケーキを頬張って、至福の表情だ。こっちのチーズオムレツもトロットロで最高。サラダは、マッシュルームやしめじをさっと炒《いた》めて温野菜と合わせてある。バターと果《か》実酢《じっす》ドレッシングの酸味がぴったりだ。

「いやあ、びっくりした。滝尾のびっくりって、あのぬいぐるみさんだったんだね。っ

ていうか、あれは夢じゃなかったんだ！」

そうか。ぶたぶたは普通に歩いていただけだったんだ。よかった、ご近所で。夢だったら、次にいつ会えるかわからない。

「ご飯もおいしいし、カラオケは曲数多いし、最高だね、この街は。あたしも引っ越してこようかな」

環の言葉に、文則はドキドキした。

「……石川さんが起こしてくれるんなら、すぐ目が覚めそうだなあ」

「何言ってんの、自分で起きなさい」

即座に却下されたが、引っ越してくればそういうことだってありえる。

「ランチタイムだとホットケーキもあるっていうんだよ。今度食べに来よう」

見せてくれたネットに出回っているホットケーキの画像はものすごくぶ厚くて、絵本の世界のホットケーキのようだった。うん、これならぶたぶたが焼いていてもおかしくない。

「そういえば、ネットには店主のことも、ぬいぐるみのことも何も書いてなかったなあ」

そう言われて、文則ははっとする。

「それはアレですよ――」

「何？」

「ええと……言ってしまうと、なくなってしまうんじゃないかって……」

うまく言えないけど、そんな感じのこと。

「まあ、テレビに出て混んじゃったのはいいけど、味が落ちてつぶれちゃう店もあるもんね」

それもあるけど、自分が言いたかったのはちょっと違う……。

でも、大切なのは、ぶたぶたのことをあまり知られないようにするってことなのかもしれない。どういう理由であれ、彼に長く店を続けてほしいと望むなら、「おいしい」以外は言わない方がいい気がする。

そうでないと困る。毎朝、彼にびっくりしないと、自分が起きられないから。

言えない秘密

山崎《やまざき》ぶたぶたは、右京徹也《うきょうてつや》が経営する珈琲専門店三号店の店長をやっているぶたのぬいぐるみだ。

大きさはバレーボールくらい。桜色の身体に、手足の先には濃いピンク色の布が張られている。大きな耳の右側はそっくりかえり、目は黒ビーズ、突き出た鼻。しかしその実体は（というか中身は）、魅力的な声を持つ器用で働き者の中年男性だ。

三号店を訪れるには、一号店及び二号店のレシートナンバーで決められたキリ番を取り、なおかつ右京が勤務している時に発行される鍵が必要だ。それを手に入れれば、この店のドアを開けることができる。更新すればずっと会員でいられるが、めったに手に入る権利ではない。

そうは言っても、ぶたぶたに会えることくらいしか特典はないのであるが。あとは特製のアップルパイが食べられるくらいか？

だいたいここは元々、一、二号店のためのコーヒー焙煎《ばいせん》と菓子作りの作業場兼事務所だったのだ。それを遊び心で右京が客席を設け、「会員制」と銘打《めいう》った。おかげでそれ目当ての客もいるとかなんとか聞くが、もう何年もたっているのでそれも眉唾《まゆつば》だ。

　基本的に客が来ても、忙しければ手伝わせたりもするくらい、ある意味アットホームなところと言えよう。あとはたまに長年の常連さん向けの試飲試食会やささやかなパーティに使うくらいか。

　新会員というか、ここに足を踏み入れた人はたいていぶたぶたの姿に驚く。驚かない人はいない。

　今日やってくる岡里明日香《おかざとあすか》という女性はどうだろう。いや、驚くだろうけれど、どんな驚き方かな。

　彼女は会員ではない。スタッフでもバイトでもない。研修生だ。右京の友人がカフェ専門学校の講師を始めた関係で紹介された学生である。会社を辞め、開業を目指して勉強している二十六歳、らしい。

　三号店は最近スタッフ一人が独立してしまって、人手が足りない。別店舗から人を回すのにも都合があり、バイトを雇うか、右京が自分でやるかで迷っていた時に来た話だったので、こっちとしても都合がよかった。ごく短期間というのもいい。

実はここに臨時の人を入れるのには抵抗があったが、彼女が目指しているのが今どきのカフェではなく、昔ながらの落ち着いた〝喫茶店〟、しかもコーヒー専門でやりたいというので、ちょっとうれしくなったのだ。接客はほとんどないけれど、コーヒーについて学びたい彼女の役には立つだろう。

まずは一号店で待ち合わせをする。

「はじめまして、岡里明日香と申します」

長い髪をきっちり編みこみ、ハキハキとしたしゃべり方の明日香は、真面目な優等生という印象だった。実際、学校での成績というか、プロの講師からの受けがいいらしい。

「はじめまして、右京です。よろしくお願いします」

「こちらこそお願いいたします」

社会人経験があるので、言葉遣いも危なげない。

「働いてもらうのは、ここじゃなくて三号店の方なんだよね」

「三号店があるんですか？」

店のホームページなどにも二号店までしか記載していない。

「会員制なんだよ」

彼女は得心したようにうなずいた。

「そこで店で出すスイーツを作ったり、コーヒーの焙煎したり、たまに接客もしてもらいます」

「はい。ありがとうございます」

「作ったスイーツを届けてもらったりするかもしれないから、道を憶えておいてね」

「わかりました」

三号店はオフィス街の片隅、雑多な建物が建ち並ぶ地区の、小さなビルの最上階にある。それがちょっと意外だったらしく、看板を見て、

「何度もここ通ってたのに、気づきませんでした」

と言っていた。でも、これからもっと驚くんだよ、ふふふ。

三号店の鍵は二つあって、会員がいきなり来ても大本《おおもと》の鍵が閉まっていると入れない。できるだけ、来る前に電話してもらうようにしている。右京はマスターキーを持っているので、それで入る。

中は意外に日当たりがよく、とても明るい。一枚板のカウンターと並んだ各種コーヒーカップが店のトレードマークだ。好きなカップを客に選んでもらう。お気に入りを一

つに決めるのも、いつも違うのを選ぶのも自由だ。

カウンターの中では、ぶたぶたがカップを洗っている最中だった。水道を止めて、こっちを向く。

「おはようございます」

彼は落ち着いた声音で穏《おだ》やかに挨拶した。

「ぶたぶたさん、この間言ってた学生さんを連れてきたよ。岡里明日香さん」

後ろを向いて、明日香に言う。

「こちらが店長の山崎ぶたぶたさん」

と小さなぶたのぬいぐるみを紹介する。彼女がどういう反応をするのか——悪趣味ながら、右京は楽しみにしていた。

「どうぞよろしく」

ぶたぶたは点目でまっすぐ相手を見て、挨拶する。どこ見てるかわかんないとか言わないように。

「岡里明日香です。よろしくお願いします」

彼女は顔色も変えずに前へ出て、ペコリとお辞儀《じぎ》をした。あれ？　あんまり驚いてない？

最初は平静を装《よそお》っている人も多い。ここでは普通でも、これからどうなるのか。

「今日は午前中だけでしたね？」

「はい。午後から授業に出ます」

「じゃあ、あまり時間ないね。さっそくですけど、ちょっと手伝ってもらえますか？」

「はい」

ぶたぶたが鼻をもくもくさせてしゃべっても動じない。これは、もしかして大物？

いやいやいや、どうだろうか？

右京は事務仕事をするため、カウンターの端《はし》っこに座って、ノートパソコンを開く。

しかし、二人のことが気になってしょうがない。

ぶたぶたが指示を出して、菓子作りの準備を始める。ここには、アップルパイ以外の門外不出のレシピはない。クッキー各種やガトーショコラ、チーズケーキなどの定番もののは世間的によく知られた伝統的なレシピで作っているから、味は作り手次第のところがある。その点、ぶたぶたは優秀なので、うちのスイーツの評判は上々だ。

二人でカウンターの中を動き回って、準備を整える。ぶたぶたは椅子や台などを巧《たく》みに使い、狭い空間を最大限に利用している。さすがに驚くだろう、と思った。しかし明日香は、感心したようには見ているが、手はちゃんと動いている。

「今日は砂糖のタルトを作ります」

「砂糖の、ですか⁉」

おいおい、ぶたぶた見た時よりも驚いてるぞ。しかも輝いている。甘いもの好きなのかな。

そう考えている右京自身も、砂糖のタルトは好物なのでうれしい。

「そう。コーヒーに合いますよ」

「確かに……ブラックで飲む時、合いそうですね」

普通に会話しているな……。違和感とかないのか？　あるだろう、あの後ろを向いた時のちょろっとしたしっぽとか、濃いピンク色の布張ったどう見てもぬいぐるみの手とか。どこから手に入れたのか、指サックのおばけみたいなのをつけて器用に作業してるけど？　「最近見つけたんです。ズレなくていいんですよ」と言っていた。

「砂糖は甜菜糖《てんさいとう》を使います」

そういえば、甜菜ってなんだっけ。しばらく考えて、砂糖大根のことだと思い出す。

「あの、他の砂糖ではどうなるんでしょう？　黒砂糖とか」

「うーん、好みもあると思うから、試してみるといいよ。レシピは簡単だし。僕は、甜菜糖や三温糖《さんおんとう》の優しい甘みや口当たりが好きだよ。砂糖をブレンドしてもいいんじゃないかと思う」

「あっ、コーヒーみたいで、面白いですねえ！」

そうか……。割とお菓子作りはぶたぶたにまかせてしまっているので、こうやって聞いていると面白い。

ぶたぶたは、冷蔵庫からボウルに入れた生地を取り出し、

「これを型に敷《し》いてください。ブリゼ生地を空焼《からや》きします」

「はい」

明日香は、耐熱容器に生地を薄く敷き詰めた。手早いが丁寧だ。ぶたぶたが他のケーキのために粉まみれになっているのも見ずに、ひたすら作業に没頭する。

それにしても、ここまで全然驚いている雰囲気がないのはどうしたことだ！　そろそろボロが出る頃か、と思って、じっくり見ているのだが。

「右京さん」

ぶたぶたに声をかけられる。

「何？」

「手が止まってますよ」

「あ……」

ここにいるのは、二人を観察するためではなく、帳簿《ちようぼ》つけとか書類作りとかをするためだった。手がパソコンの上に載せられたまま動かないのを見つかってしまった。

「仕事してください」

「はい……」

そんな二人を見て、明日香はクスクス笑っていた。

なんだその普通の反応！　なんか納得いかない。

しかしあまり観察していても本当に仕事が進まないので、チラ見するくらいで我慢する。生地が焼けたとか、中に流し込むフィリングの準備してるとかを感じながらも、やっぱり彼女は普通にしてるな、とか――。

そのうち、バターと砂糖の焦《こ》げる香ばしい香りが漂《ただよ》ってきた。うわー、うまそうっ。

もう我慢できない！

と思ってぶたぶたの方に顔を向けると、

「あ、もうちょっと待ってください。冷めないと食べられませんよ」

——さすがぶたぶた、右京の表情を完璧に読んでいる。

そのまま、ジリジリと待ち続ける。だいぶ待たないといけないのが悲しい。腹も減ってきた……。

タルトを焼いたぶたぶたは、今度はこの店でのコーヒーや紅茶のいれ方について明日香に教えている。

「店によって違うでしょ？」

その合間の雑談。

「そうですね。バイト先でもいろいろ手順や量が違います」

相変わらず動揺の様子はない。

「ここはいれてる様子をお客さんに見せるしね」

「緊張しそうです……」

けっこうじーっと見られるんだよな。

「自分の店を出したいんだよね？」

「はい」

「何か目標はあるのかな？」

「祖母が昔喫茶店をやっていたんで、それをお手本にしようと思ってます」

「お祖母《ばあ》さんということは、長くやってらしたのかな？」

「はい。今はもうありませんけど」

「そうか、だから『昔ながら』って言ってたんだね」

「はい。軽食も充実しているお店にしたいんです」

「いわゆるカフェめし？」

「いえ、ナポリタンとかオムライスとか、サンドイッチとか、そういうものです」

「なるほど〜」

二人の会話を聞きながら、右京は思う。そういう店って自分もすごく好きだ。愛着がとてもある。けど、今どうなんだろうなあ。

うちもこれ以上店舗は増やせそうにないし、現状維持でなんとかやっているというのが正直なところだ。無理に変えようとしなかったことが今の安定につながっているともいえるが、状況は刻々と変わる。来年すらどうなっているかわからないというのは怖いけど、それで及び腰になっても仕方ない。

「若い人も年配の方も、一人で来てゆっくりできるような店にしたいです」

一瞬ちょっと淋《さび》しい言葉のようにも思えたが、戦略としては正しいのかもしれない。シビアなようにも、夢のようにも聞こえる。現実問題、どうなんだろうか……。

「右京さん」

「はい？」

いかん、ぼんやりしていた。でも、仕事はちゃんとやったぞ。

「お昼にしますか？」

「え、もうそんな時間？」

いつの間にかお菓子の準備もできて、あとは運ぶだけになっている。

「何がいいですか？」

他の店はトーストくらいしか軽食はやっていないのだが、ここではたまにぶたぶたが作ってくれるのだ。お客が食べる時もある。

「じゃあ、ナポリタン」

「あたしはそろそろ時間なので——」

と明日香は立ち上がる。それをぶたぶたは引き止めた。

「岡里さんもどうぞ」

「ええっ、いいんですか⁉」

やはりぶたぶたに会った時よりも驚いている……。なぜだ。

「食べてから帰ればいいよ」

「あ、じゃああたし作ります」

え、この子もなかなかいきなりなことを言う。ぶたぶたの方が驚いているではないか。

「食べて感想聞かせてください」

あ、そういうことか。勉強熱心だな。

ぶたぶたに教えてもらって、材料を冷蔵庫から出し、明日香は手早くナポリタンを三人前作る。フライパンを振る姿も堂《どう》に入《い》っている。

ぶたぶたはミニサラダを作ってくれた。右京も料理は一応できるのだが、出番がない。

「どうぞ」

ほわほわと湯気の立つナポリタンをぶたぶたと一緒に頬張った。

いつも食べているぶたぶたのと似ていたが、明日香のものの方がケチャップの味が強かった。その甘酸っぱさになつかしさを感じる。うん、こういうのもいいな。

「おいしいよ」

何より早いのがいい。喫茶店の食事は、いろんな意味で「軽く」済ませられる方がいいと思うのだ。

「ありがとうございます。一応自分のレシピではウィンナーを入れるんですけど」

「ああ、ここはハムがいつもあるから、そっちを使うんだよね」

ぶたぶたは黙々と食べていたが、あれ、ちょっと首を傾げてる?

「あ、おいしいね!」

右京の視線に気づいたのか、あわてたようにそう言う。

「それに、すごく手際《てぎわ》がいい。作り慣れてるね」

「がんばってます」

明日香はにっこりと笑う。

「じゃあ、食後のコーヒーとデザートです」

「あ、それは俺が」と言いそうになって、ぐっとこらえる。ぶたぶたがコーヒーをいれる姿を明日香にぜひ見てもらいたい。そして驚いてもらいたい。自分がまったくの役立たずになるわけだが。

　ぶたぶたがうちのブレンドのコーヒーを見事な手さばきでいれる。どうやってやかんをつかんでいるのか、とか、その繊細《せんさい》なお湯の入れ方はどうなんだ、とか心の中で思っているだろうか、と観察したが、明日香の顔は、コーヒーとタルトとぶたぶたを忙しく見比べるばかりだった。

「どうぞ」

　そしてやっと、砂糖のタルトが切り分けられ、右京の前にも差し出された。

　見た目は焦げ茶色の素っ気ないタルトだが、口に入れるとシャリシャリという想像もしない食感が来る。タルト生地に流し込んで焼いた砂糖が結晶化しているのだ。砕いたくるみも入っていて、砂糖とナッツの香ばしさを両方味わえる。

「うわー、やっぱり甘いもの好きな人間には耐えられない味だ……」

「なんなんですか、右京さん。おいしいのかまずいのかどっちなんです？」

「もちろんおいしいんだよ！　誘惑に負けたら、際限なく食べてしまいそうなタルトじゃないか」

「いつもそう言いますよね……」

「すでに負けてるじゃないですか――」

ぼそっと明日香がつぶやいたが、はっと口をおさえてあわてて、

「あたしもこれ、大好きです。すごくおいしい。あんなに砂糖使ってるって思うとどうしようって思っちゃいますけど」

と言った。

「そうだよね。でも、食べちゃうよねー」

ぶたぶたはシャリシャリカリカリといい音をさせて食べている。その摩訶不思議《まかふしぎ》な現象を、明日香は平然とながめている。

「売り物だから、もうこれ以上食べられないのが残念ですけど」

そう言って、ぶたぶたはタルトをケーキ台に置いて、ふたをした。これから一号店に持っていくのだ。

「それにやっぱり、コーヒーに合いますね」

「うちのブレンドに合うような甘さにもしてあるからね」

さすがぶたぶたさんだ。いや、一応俺の意見も入っているのだが。

三人でそれから少し、ほっこりとした時間を味わった。こぽこぽと湯が沸《わ》く音と店内

に流れるクラシック、暖かい日差し、おいしいコーヒーとタルト――。すごく満足そうな明日香の顔を見て、ああ、こういう時間を彼女は提供したいのかもしれないな、と思う。おこがましいだろうか？

「あのう、お客さん、いらっしゃいませんね？」

明日香がふと思い出したように言う。

「ああ、お昼過ぎまでめったに来ないね」

右京が答える。

「新会員の方には、一つ約束があるって、さっき聞いたんですけど――」

「うん。ぶたぶたさんに聞いた？」

「はい。『誰にも話せない秘密を話すこと』」

「そうそう」

ぶたぶたを見る見返り、という意味があるにはある。だから、その決まりはそんなに重要ではないのだが。

「あたしも何か話さないといけませんか？」

なんだかそわそわしている。もしかして！　実はぶたぶたにびっくりしていたけど、

すごくがんばって表に出さないようにしていたとか⁉

――いいかげん、しつこいな俺も。

「いや、君は別にいいでしょ？」

お客さんではないのだし。

「そうですか……」

「なんだか話したそうだね？」

「いいえ、そういうわけじゃないんです。でも――」

何か言いよどんでいるようだけど？

彼女はしばらくうつむいて黙っていた。ぶたぶたはコーヒーを飲みながら、彼女を興味深く見守る。

やがて、彼女は意を決したように言った。

「実はあたしの秘密は、右京さんの秘密かもしれないんです」

「え？」

右京は、持っていたカップを落としそうになった。

「それにもう一つ。ぶたぶたさんの秘密でもあるかも」

「えっ⁉」

右京の隣でぶたぶたが目を丸くした。黒ビーズだけど。

店内にはまた静寂が戻ってきた。しかし、先ほどのようにほっこりはしていない。空気が微妙に変わった。

柱時計がポーンと鳴って、明日香ははっとして立ち上がる。

「あ、す、すみません、変なこと言って！　あの、気にしないでください、秘密なんてありませんから。それじゃ、ごちそうさまでした。今日はありがとうございました！」

彼女はそう言って、そそくさと帰っていった。

ドアがパタンと閉まったあと、右京はぶたぶたに話しかける。

「あの子に見憶えあります？」

「いえ……」

二人して首を振る。

顔はけっこうきれいな方であるし、客商売なので記憶にも自信はあるのだが、何も浮かばない。前に会ったことあったかな……。

「え、俺たちの秘密ってなんですかね？」

「彼女と右京さんと僕それぞれの三つの秘密ってこと？　それとも、共通の？」

「共通の秘密って、その方がもっとわからないと思いません？」

「それもそうですね……」

ぶたぶたの耳がなんだか震えているように見えた。

「なんなんですか、あの子。スパイ？」

友人の紹介だから、ちゃんとした子だと思っていたのに。

「なんの？」

「ライバル店の。スタバとか！」

言ってからちょっと自分で虚《むな》しくなった。

「僕の秘密はありすぎて心当たりがありません……」

ぶたぶたは腕組みをしてさらっとそんなことを言う。まあそうだよな。だってぬいぐるみなんだもん。

つまり彼女は、ぶたぶたがぬいぐるみだということを知っていたのだ。だから見ても驚かなかった。

で、我々二人の秘密を知っている、と——。

　ぶたぶたは何やら考え込んでいた。

「どうしたんです？」

「彼女の作ったナポリタン――どこかで似た味のを食べたことがあるような気がして。彼女の言う『秘密』と関係あるのかなと思ったんです」

　思い出そうとしているが、なかなか浮かばないらしい。

「右京さんは憶えありませんでしたか？」

「いや、ないなあ」

　ナポリタンなんて、割と似たような味にならないか？　あ、でもぶたぶたのと彼女のは「違う」とわかったわけだし。

　つまり、ぶたぶたには味の記憶があるということなのかな？

「彼女、次に来るのはいつですか？」

「来週だね。多分、同じ曜日だよ」

　あんなことを言われたら、ちょっと気にして紹介された友人に根掘り葉掘り訊きたくなりそうだが、なぜかそうしようとは思わなかった。悪気《わるぎ》とか邪気《じゃき》がないというか……いや、そういうんじゃなくて……。

「彼女はきっと、我々に思い出してほしいんじゃないかなあ」

とぶたぶたが言った。

「あー、そうかもしれないね。じゃあ、やっぱり面識があるのかな」

「顔に見憶えはないんですけど……」

「俺も」

とまた最初に戻ってしまう。結局、二人とも思い出せなかった。


その日の夜は、仕事の会合で飲みに行った。

終わってから、馴染《なじ》みのバーで一人飲み直す。三号店に行こうかな、とも思ったが、一人で考えたいことがあった。当然、「秘密」のことだ。

右京には秘密というほどのものはない。バツイチではあるが、浮気して別れたわけではないし、子供もいない。犯罪歴も特にないし、暴露されて困るような悪癖《あくへき》もない。

一つだけあるとするなら、あれかな……。でも、あれも別に後ろめたいことではないのだが。

昔好きだった女性が、既婚者だった。ただその人の夫は、長年行方不明だった。自称カメラマンだかジャーナリストだかで、海外に行ったきり、連絡がつかなくなってしまったという。

いなくなって何年もたっているので、失踪届《しっそうとどけ》を出して婚姻を解消することも可能だったのだが、彼女はそれをしなかった。夫が自分の前から消えた理由を、いつか説明してくれるといつも思っている人だったのだ。そこに愛があったかどうかは、「もうわからない」と本人も言っていた。

彼女の気持ちがそんなふうに吹っ切れないままだったことを責めるつもりはない。それより、自分とつきあうことで彼女が罪悪感を抱く方が心苦しかった。自分から「気楽なつきあいを」みたいなことを言っていたくせに、いつの間にか右京もそんな関係に虚しさを感じるようになった。今考えると、それだけ本気だったと言える。

それで結局別れてしまったのだが、あのままダラダラつきあっていたらどうなったんだろうか。そうしなかったから、ちょっとひきずっているのかもしれない。

ああ、今日はちょっと飲み過ぎたかもしれない。こんなことを久しぶりに思い出すなんて。当時のモヤモヤした感情とかまで湧《わ》き上がってきて、なんだか恥ずかしい——。

でも、と突然冷静になる。これを責められるのは、彼女の夫だけだよな。明日香は夫の関係者とか？

でも、そんなドロドロした雰囲気じゃないんだよな。それに、遠回しに言って何になるんだろう。基本的にあまり気に病まない方なので、「それ全然効果ないよ」と言ってあげたい。

こういうたちの右京ですらこんなことを考えるんだから、ぶたぶたはどうなんだろうか。彼は、あまり自分のことを話さない。たずねれば普通に答えるが、そんなにたずねもしないので、彼に関しての情報はほとんどないのだ。

身辺調査もしてないしな……。彼の存在自体がもう、履歴書みたいなもんだろうって思っていたから。

ぶたぶたも、今夜は悩んでいるのだろうか。

そんなことを思いながらも、次の週、また明日香がやってくる予定の日になるまで、二人でその話をすることはなかった。

「ぶたぶたさん、今日はまた岡里さんが来ますよ」

「そうですね」

「秘密ってなんだかわかりましたか？」

「いえ、わかりません」

特に動揺もなく、そう答える。

「バレてヤバいことはあるんですか？」

「いや、それも思い当たらないんですけど。右京さんは？」

「僕も特には。ナポリタンは？」

「それもまだ思い出せません」

二人で顔を突き合わせて「うーん」となる。

しかし、店にやってきた明日香は何も言わなかった。

やっぱりこっちに思い出してほしいと思っているのだろうか。そんな素振りは少なくとも右京には見えなかった。先週のことなど忘れたように、様々な作業をテキパキとこなす。吸収も早い。

そして、あっという間に昼になる。今日はぶたぶた特製オムライスだ。

食事の合間に、明日香はコーヒーの質問をしてくる。

「ここで出すコーヒーは、一、二号店と違うんですか？」

「いや、ここのも同じだよ」

　ぶたぶたが答える。

「そうなんですか。ちょっと味が違う気がします」

　コーヒー好きだけあって、ちゃんとうちの店もチェックしているらしい。

「それはぶたぶたさんのいれ方もあるんじゃないかな」

　彼はうちの店の中でも一、二を争う名人だ。

「ああー、すごく安定した味ですよね——。あたしはまだまだです。祖母のブレンドの再現も、ちょっと納得いっていないし」

「やっぱりお祖母ちゃんのブレンドにはこだわってる？」

　ぶたぶたが言う。

「はい。でも実は、祖母のコーヒーはそんなに飲んでいなくて。十代の頃に何回かしか口にしてないんです」

　十代じゃほぼ子供だし、飲めないなんて子もいるしなあ。

「お店自体はとても好きだったし、祖母もとても愛着を持ってたんです。でも、祖母が死んだ時、うちの母親や叔父たちがあまり店に興味なかったんで、ブレンドに関する記録もどこかに行ってしまっていて。くわしくわからないんですよね」

ちょっとくやしそうな顔をしている。

「豆を卸《おろ》してたところに頼んでいたかもしれないから、そこに訊いたら？」

「そこももう、廃業されてたんです」

「そうなんだ。でも、再現しようとしてるってことは、実際にブレンドしてみてるの？」

「はい」

へー、ちょっと気になる。オリジナルブレンドって飲んでみたくなるのだ。職業病かな？

「それ、飲んでみたいな」

つい口をついて出てしまう。

「あ、いいですよ。今度持ってきます。感想もぜひお聞きしたいです」

明日香はそう約束して、帰っていった。

「僕も『飲みたい』って言おうとしてました」

彼は普段、人にねだるようなことはしないのだが。結局言ってないけど。

「その理由は何？」

「もしかしてって思ってることがあるんです。そのために、彼女にコーヒーをいれてもらおうと思ってます」

その次の週、明日香は約束どおり、ブレンドした豆を持ってきた。

挽《ひ》いたその豆を、ぶたぶたに教わったとおりにいれてもらった。

「香りはいいね」

ぶたぶたと二人で、明日香のコーヒーを飲んだ。彼女はちょっと緊張したような顔をしている。

「あれ？」

思わず声が出た。

右京には、このコーヒーの味に憶えがあった。いや、正確に言うなら、似た味を知っている。商売柄、自信がある。

これは——。

「〝ハル〟のコーヒーだ」

「そうですね。そっくりです」

　ぶたぶたもうなずく。

〝ハル〟とは、ぶたぶたが以前働いていた喫茶店の名前だ。晴子《はるこ》という名のママがやっていた店。ぶたぶたはそこの雇われマスターで、晴子ママが店に出られなくなってからもずっと切り盛りしていた。

　ママが亡くなって、親族が店を閉めてしまったので、ぶたぶたは右京のところへやってきたのだ。

　ただ、右京は晴子ママと会ったことはない。閉店間際に通い始めたから。でも、コーヒーの味はわかる。

「ママのブレンドは、卸業者さんが配合して届けてくれてて、僕も知らなかったんですよ」

　ぶたぶたが言う。

「そこも廃業しちゃったんですか？」

「そうなんです……」

「ということは……あなたは、晴子ママのお孫さんなんですね？」

明日香は勢いよく頭を下げた。

「そうです。ごめんなさい！　この間は変な話をしてしまって」

なんであんな話を急に——？

「いや、でも……ごめん僕、全然君のこと憶えてないんだけど。ナポリタンが晴子ママとそっくりの味だったから、あれって思った」

そうか。コーヒーはずっと同じブレンドだったんだな。だから右京にもわかったが、食べ物に関してはぶたぶたにしか記憶がない。

「憶えてなくて当然です。あたし、いつも見つからないように隠れてたから」

「そうなの？」

明日香はうなずく。

「小さい頃、おばあちゃんが体調崩して店に出なくなるまで、あたしはいつも喫茶店というか、上の住居《じゅうきょ》のところにいたんです。お母さんが働いてたから、学校から帰ると迎えが来るまでそこにいて、いつも喫茶店を階段からのぞいてました」

「ええー、知らなかった。声かけてくれればよかったのに——」

「すみません……。あたし、人の顔を憶えるのは得意なんですけど、ものすごく引っ込み思案で、自分から話しかけられなかったんです。

ぶたぶたさんを初めて見た時も、すごく驚いて、触《さわ》ったり話してみたくて仕方がなかったのに、勇気が出なくて……もう大きくなってたから行く必要もなかったのに、中高生の時も帰りに寄ってました。見てるだけでも楽しかったから……。

でも結局、ひとことも話せないまま、お店がなくなっちゃったんですよね」

それって——かなり長い間ではないのか？　そんなに長いこと、じーっと見られていたのか、ぶたぶたは。

「そうだったんだ……」

しかし当の本人はあまり気にしている様子はない。しみじみと思い出を嚙《か》みしめているみたい。

「おばあちゃんが引退して、ぶたぶたさんだけで店をやってる間も、たまに行ってました」

「お店を利用してたの!?」

「いえ、前を通るだけです。入る勇気なくて……」

通う根性と観察する根気を別のところに活《い》かすべき、と思う。

「それで右京さんも見かけて」

突然自分の名前が出てきてびっくりする。もうなんか、全然関係ないと思っていたから。

「あー……俺の『秘密』がどうこうって言ってたね、先々週」

超引っ込み思案にしてはなかなか大胆な発言だった。

右京の言葉に、明日香は真っ赤になる。

「あれは……ずっと考えていたことだったんです」

「何をそんな⁉」

彼女はどう説明しようか悩んでいるようだった。

「恥ずかしがってぶたぶたさんに声をかけられなかったこと、ほんとに後悔したんで、思ってるだけじゃなく、とにかく前に出ていろいろ言うってことが、今のあたしのモットーなんです」

「ならストレートに言ってもよかったんじゃないの？」

「言おうとしたんです。でも、『右京さんの秘密かもしれない』って言ってから、それは自分が言っていいことじゃないって気づいたんです。それで、話をぶたぶたさんのことに変えたんです」

なんだかよくわからない。

「ぶたぶたさんはあたしのこと、きっと知らないだろうなあって思ったんですけど、もしかしたら、ひそかに気づいてたかなあ、なんて期待したりしたんですけど――」

「あ、もうほんとにごめんなさい……！」

なぜぶたぶたが平謝りなのだろうか。しかし、

「ぶたぶたさんは人よりずっと鋭いはずなのに、それを気づかせなかったってある意味すごいよ、岡里さん」

気配が消せるって、こういう商売には向いてい……る？　忍者の方がいいかもだが。

「思い出してほしかったのに思い出もないって……自業自得ですね」

明日香は目に見えてしょげていた。ずっと片想いをしていたようなものか。何年もの間。

……あれ、それって、ただのストーカーではないのか？

「――ところで、どうしてうちの店に来ることになったの？」

「それは、カフェの専門学校のパンフレットをいろいろ見てた時に右京さんの写真を見

つけたんで、今の学校に決めたんです」

あ、研修先の店主として載せている。

「ハルでバイトしていたお姉さんから、『ぶたぶたさんは有名な珈琲専門店に引き抜かれた』って聞いてたんで、その写真見てつながったんです。きっとぶたぶたさんがいる！　って思って。研修も、先生に頼み込んでここにしてもらいました。ぶたぶたさんに会いたいっていうのもあったんですけど、おばあちゃんのコーヒーのブレンドのことも聞きたかったし、とにかくここで勉強もしたかったんです。

両親は喫茶店なんかやらないで、結婚しろってうるさいし、そのたびに気持ちも落ち込むんですけど、その時は昔の引っ込み思案だった自分を思い出して——それに、ぶたぶたさんにまた会えたから！　会えないって思っていたぶたぶたさんに！　やる気が出たっていうかなんというか！」

とっちらかっているのはよくわかる。あと、話のほとんどがぶたぶたについてだということも。

「結局、君の秘密っていうのは、ハルでぶたぶたさんと俺を見てたってこと？」

「そうです」

「俺の秘密とぶたぶたさんの秘密は、別々なんだね？」

「はい」

「ぶたぶたさんの秘密って何？」

「秘密っていうか……いろいろ見てましたから……」

マジでストーカーじゃないか。

「普段の生活のことは、バラされても仕方ないって思ってるけど。よく人に観察されるし」

そうだった。彼はぬいぐるみなので、普通の人より注目されるのだ。つまり、ストーカー慣れしているとも言える。

「いえ、あたしが秘密だと思ってるだけですから……」

変わった子だ。

「たとえば、どんなこと？」

右京がたずねると顔を輝かせて、

「ええと、新しいお酒が入ると、試飲のたびに――」

「あっ、それは待って！」

ぶたぶたがなぜかあわてて制止する。

「何？　何何？」

「ぶたぶたさんがいやがるなら、言いません」

露骨にほっとするぶたぶたが超気になるんだけど！

「え、じゃあ、俺のことはなんなの？」

「あ、ええと……」

明日香は口ごもる。

「話していいんでしょうか。あの頃、たまに女性と一緒にいましたよね？」

例の女性――名は霧子《きりこ》。儚《はかな》げな雰囲気を持つ名前だが、実際はバリバリと仕事をするエネルギッシュな女だ。

「ああ、その人はぶたぶたさんも知ってるから」

よくハルにも一緒に行ったものだ。彼女の家の近所にあったから。

「あの、あたしが前に勤めていた会社の取引先がその人のところで」

「ええーっ!?」

世間は狭い。

「家具の会社にいたんですけど――」

「彼女はインテリアコーディネーターだからね」

「それで、ハルのこと話したりして仲良くなって、メル友なんです」

「そうなんだ……。それが秘密なの？」

「いえ、あのう……霧子さん、結婚してたんですね？　昔はわかりませんでした……」

「ああ、まあそうなんだけどね」

それはぶたぶたも知っている。

「ていうか、旦那さんが、あのう……旦那さんが……」

何くり返してる⁉　旦那が何⁉

「ここまで来たら、言っちゃいなよ」

気になるではないかっ。

明日香は観念したように、言い放った。

「旦那さんが帰ってきて、霧子さん、離婚したそうなんですっ」

「結局、あれからどうしたんですか？」

数日後、ぶたぶたがたずねる。いつもの午前中、三号店で仕事をしながら。

「あれから?」

「彼女とは」

「ああ、彼女ね、会ったよ」

「そうですか」

「晴子ママのブレンドはだいたい再現できた」

あれから明日香は研修が終わったあとにもここへ来て、ハルのブレンドを右京と一緒に調整した。彼女も、十代の頃にしか飲んでいないにしてもすごくよく憶えていた方と言える。もっと時間がかかるかと思ったが、わずかな違いは、

「そこがあたしのオリジナルだということにします」

と納得したので、よしとしよう。今飲んでいるコーヒーが、ぶたぶたがいれてくれた晴子ママと明日香のオリジナルブレンドだ。なつかしい味と香りがする。

「それは知ってますよ、僕もそばにいましたから」

チッ。ごまかせるとは思っていなかったけど。

「霧子さんですよ！　連絡したんですか?」

「まだ」

「連絡先、わからないんですか？」

「わかるよ」

電話番号もメールアドレスも変わっていないから。

「ハルの話になると、その当時つきあってた彼氏の話を必ずするんです、霧子さん」

とはあの日の明日香の言葉だ。

「ここに来る前から、霧子さんの話を右京さんにするかどうか迷ってたんです。黙っているのもつらいなあって……。

だから、連絡してあげてください」

何が「だから」なのかわからないが、その時はついうっかり「うん」と答えてしまった。それをぶたぶたにツッコまれているわけだ。

「今から電話したらどうですか？」

「いきなり電話しても、今仕事中かもしれないし」

「じゃあメールを」

「うん、あとで」

「早く」

じーっとにらまれた。点目のくせに、妙に眼力すごいんだから。

仕方なく、

『久しぶり。最近、元気？』

という超素っ気ないメールを送ってみる。なんだこれ。でも、正直文が浮かばなかったのだ。

そしたら五分後にメールが返ってきた。

『こちらこそ、久しぶり。今、仕事中だから、夜電話していいですか？　話したいことがあります』

と書いてあった。

『いいよ』

と返信してから、冷めたコーヒーを飲み干す。このブレンドには、冷めた時の苦みにも味わいがある。

人の悩みや秘密を聞き出すのがうまかったという晴子ママに会ってみたかったな、と思う。ぶたぶたにもそんな力はあるけれども、彼女にしか聞けない秘密もきっとあったんだろう。

たとえばきっと、ぶたぶたの秘密は知っていたはず。右京が知らないような。

「メールしました？」

ぶたぶたが点目をキッと向けてくる。

「しました。夜、電話してくれるって」

「そりゃあよかった」

あからさまにほっとしているようだ。人のことはともかく、

「ぶたぶたさんはどうなの？　彼女とかいるの？」

「彼女はいません。結婚してますから」

コーヒーカップがソーサーの上にガチャンと落ちた。

「そんなに驚かなくてもいいじゃないですか」

「いや、驚くでしょ⁉」

ほんとにびっくりした。倒れるかと思うくらい。

「他にも秘密があるんですか？」

「別に結婚してることは秘密じゃないですよ」

「ええっ、そうなの⁉」

この店にいて、彼の私生活を何も知らなかったなんて——不勉強にもほどがあった、俺。

「はい、おかわりどうぞ」

ぶたぶたが、新しいコーヒーをいれてくれた。

「とりあえず、それを飲んで落ち着いてください」

「うん……」

右京はカップを手に取る。と同時に、電話が鳴った。

「はい——はい、開店してますよ」

会員がここを訪れるために電話してきたらしい。ぶたぶたの穏やかな声が、ここのドアを開ける時の期待につながるのだ。

「はい。では、お待ちしています」

「おいしい」の経験値

「今日、お昼は？」

昼休みまで一時間というところで、隣の席の女子社員・下河原《しもがわら》さんが言う。

「あ、今日はお弁当忘れちゃって」

三竹真未《みたけまみ》は答える。いつもはおにぎりを持ってきていた。

「じゃあ、きぬたのお弁当頼む？」

「はい。お願いします」

最近真未がパートで来ているこの会社では、自作弁当でない社員は近所の「きぬた」という店で弁当を頼むシステムになっているらしい。もちろん外に食べに行く人もいるのだが。

「何がいい？」

下河原さんがメニュー表を見せてくれる。電話で注文して、あとで手の空《あ》いた者が取りに行くという。

「豆腐ハンバーグにします」

カロリーが一番低めのにしよう。結婚して半年、少し体重が増えた。家でゴロゴロしていたつもりはなかったのだが、まだ二十三なのにこれではいけない、と思い、パートを始めたのだ。

昼になり、お弁当が配られる。会議室に集まって食べるのだ。

「あ、三竹さんのはあたしがおごってあげる」

下河原さんが言う。

「えっ、そんな悪いですよ……」

「いいっていいって。せっかくのきぬたデビューなんだから」

周りの人もうんうんうなずいている。

「おいしいんだよ、ここのお弁当！」

そうなんだ……。

「すみません。じゃあお言葉に甘えて――」

ふたを開けると、ふんわりいい匂いが漂う。ハンバーグ、けっこう大きい。つけあわせも充実していた。これでこの値段は安いかも。

ぱくりとひと口。まだ熱々だ。

「どう？」

下河原さんは真未の感想を聞きたがった。すごくわくわくしながら。

「うーん——普通、ですね」

嘘をついても仕方がないので、正直に答える。

「えっ⁉」

「ちょっと味薄いかも」

「ええっ⁉」

彼女の驚きの声に、周囲の人が集まってくる。

「あっ、でもわたし、外で食べるものってたいてい薄く感じるんですよね」

「えええええっ！」

なんだかみんなが引いたのがわかった。

「いや、ここのお弁当はとてもおいしくて評判なんだけど……」

「あー、わたしよく、『味オンチ』って言われるんですよね」

「あ、そ、そうなんだ……」

「え、料理はするの……？」

課長が口をはさむ。

「料理は一応しますよ」

と返事をすると、皆一様に微妙な顔をする。けどじゃあ、どう答えたら満足するのだろう。どうもこう、「味オンチ」＝「料理できない」という図式が世間にはあるみたい。それって無関係だと真未は思う。人の家庭のことなんだし、夫婦そろって健康だし、夫から文句はないから、いいんじゃないかなあ。炊事《すいじ》をサボっているわけではないんだもん。

ごまかすとあとが大変ということは、当の本人が一番よくわかっている。「味オンチなら、どうにかしたら？」と言われることもあるけれど、なんでそんなこと指図《さしず》されなくちゃならないんだろう。特に不自由ないのに。

この会社の人は、何も言わないでくれたのでほっとした。

しかし午後、ネットで調べ物をしている時、気になるニュース記事を見つけた。それを読んだ時は、ちょっと焦った。

うちにはあてはまらない——と思いつつ、どうも気になる。忘れようと思っても、ふとした瞬間に不安が湧き上がる……。

それを振り切るように、真未は仕事に没頭した。


その日は忙しくなり、残業をしてくれるように頼まれた。引き受けたけれど、これでは夕飯の買い物をする時間がない。

「買い物どうしよう……」

とつぶやくと、下河原さんが、

「何、夕飯の買い物?」

と訊いてくる。

「はい」

「きぬたで買って帰りなよ、きぬたで!」

と言う。

「きぬたって……ああ、お弁当頼んだところですか?」

「そうそう」

「お弁当屋さんじゃないんですね?」

「昼は定食、夜は居酒屋って感じの店だよ」

ふーん、そうなのか。

「大皿に料理が盛ってある飲み屋さんってあるじゃない？　そういうところなんだけど、それをお惣菜《そうざい》として買えるんだよね。普通のスーパーのお惣菜より安いしおいしいよ」

安いというのにはつい反応してしまう。一応やりくりをしているので。

「それはいいですね！」

「たまには旦那さんに――あ、いや、たまに違うお惣菜もいいんじゃない？　うん、いいと思うよ、買っていってあげなよ！　ぜひ！」

下河原さんはあわてたように話しだしたが、真末にはどうしてだかわからなかった。

きぬたの外観は、本当に普通の居酒屋みたいだった。飾り気のないちょっと古びた定食屋のたたずまい。けど、のれんがしまわれている。時計を見ると、もうすぐ開店時間だった。

ここには名物女将《おかみ》と名物料理人がいるそうだ。女将は美人で接客上手。料理人はとても腕がよく、こちらの接客も好評、とのこと。

「夫婦で経営してるんですか？」

とたずねたら、

「違うらしいよー」

と言っていた。下河原さんはやたらその料理人を買っているような気がしたので、イケメンなのかな、と思う。

三十代くらいの女性がのれんを持って現れた。あの人が女将さん？

「もういいですか？」

「はい、どうぞ。お一人さまですか？」

「えーと、お惣菜を買いに来たんですけど」

「あ、はい、どうぞ」

のれんをくぐって店の中に入ると、いい匂いがした。あのお弁当と同じ匂い。カウンターにものすごく大きなお皿が並んでいて、そこにお惣菜が山積みになっている。

「選んでくだされば、お詰めしますよ」

女性が言う。そばのテーブルには、持ち帰りの容器が置かれていた。

「ええと、じゃあ……」

ガラガラと戸が開き、大学生くらいの男の子たちが入ってきた。

「こんにちはー」

「はーい、いらっしゃいませー」

なんか忙しそうだ。

「お詰めしますよ、言ってください」

カウンターの向こう側から、声がする。

「あ、じゃあぶたぶたさん、お願いしますね」

女性はテーブルに着いた客の方へ行ってしまう。

「うーん、じゃあ、このきんぴらごぼうと——」

と顔を上げると、皿の向こうに小さな顔があった。ぶたのぬいぐるみの。

バレーボールくらいのぶたのぬいぐるみが、持ち帰り容器を抱え、菜箸《さいばし》を持ってカウンターに立っていた。詰める気まんまんだ。

真未は、しばらくぬいぐるみと見つめ合った。というより、一方的ににらみつけた。

桜色の身体に突き出た鼻、右側がそっくり返っている大きな耳。手足の先には濃いピンク色の布が張ってあり、ひづめみたいになっていた。そして、黒ビーズの点目。完璧にぬいぐるみだった。

実は真未は、少しイライラしていた。味オンチのことを自虐的《じぎゃくてき》に話すのはよくあることなのだが、そのあとに読んだニュース記事のせいで、今までドン引きされ続けてきたことや会社の人たちの微妙な顔などが気になって仕方なかった。いつものようにおにぎりを持ってくればよかった。嘘でも「おいしい」と言えばよかった。でも、自信のないことは言えないし……。

そんなイライラをぶつけるものはないか、と探していたところだった。これくらいのぬいぐるみを投げたら、少しは気が晴れそう。

でも、即座に「それはかわいそう」と思う。何かに当たりたいと思っても、実際は家に帰って枕を殴《なぐ》るとか、せいぜいそのくらいだ。基本ヘタレなのは、自覚している。

「きんぴらごぼうは何グラムにします？」

声は男の人だった。渋い中年の。白いエプロンをしている。そういう人間がそばにいるのか、と思ったが、店で真未と向き合っているのは、エプロンをしたぬいぐるみだけだ。

「えっと百グラム……あっ、少なくてもいいんですか？」

何か言わなくちゃ、と思ったら、普通の会話になった。

「いいですよ、お好きな分量でどうぞ」

優しげな声だった。なのにぬいぐるみ。

現実なのか夢なのかわからず、真未はさらにイライラした。訊かれたから答えてしまったけど、この状況おかしくない？　ぬいぐるみと会話してるなんて。

「このお惣菜、本当においしいんですか？」

ついに言ってしまった。

「おいしいですよ！」

そしたら、ずいぶんと自信ありげな返事があった。菜箸をブンブンしながら。

「今日の惣菜のおすすめは、ごぼうとこんにゃく入り牛そぼろです。ご飯にかけるとおいしいですよ」

見た目は黒っぽいし、ふりかけなのか佃煮《つくだに》なのかわからなかった。そんなもの、あたしは作ったことない……。

ぬいぐるみは惣菜の説明を始める。さすがにもう、誰か別の人がいるとは思えなかった。このぬいぐるみが声を出しているらしい。

さっきの女性に訊いてみようと思ったけれど、彼女はビールを注《つ》いで、大皿から突き出しを取り分け、さらには、

「ぶたぶたさん、唐揚げとなんこつ揚げ、もつ煮込み、玉子焼き——」

と注文を読み上げて大変忙しい。お客さんは次々入ってくるし。

あ、どうしよう。ここでグズグズしているわけにはいかないらしい。

「どれもおいしいので、言ってください。お詰めします」

ぬいぐるみはくり返す。その自信たっぷりな表情に、真未はさらにイライラした。

「どうしてそんなに『おいしい』って言えるの？」

憎まれ口ではなく、素朴な疑問だった。真未は自分の料理ですら「おいしい」と言い切ることができなかった。だってわかるのはせいぜい薄いか濃いかくらい。味はついているけど、それ以上どう言えばいいのか。

「そりゃ自分で作ってるからですよ！」

何それ——と思ってから、

「えっ!?」

言外の意味に気づいて愕然《がくぜん》となる。

「あなたが作ってるの⁉」

「はい」

その時のショックを、どう言い表したらいいのだろう。真末にとっては、ぬいぐるみが声を出した時よりも衝撃的だった。

そのあと、どうやって帰ったのかわからない。いつの間にかおすすめの惣菜を適当に詰めてもらい、家に戻っていた。
あれは――いったいなんだったんだろう。あのぬいぐるみが、あの店で料理を作ってるってこと？

だから、あんなに味が薄いのかな……。人間の作ったものじゃないから。

でも、お店にいた人は、みんな「おいしい」と言いながら食べていた。会社の人たちもお弁当を楽しみにしているようだった。

不安になる必要なんてないのに――どうしてこんなに胸がざわめくのだろう。

買ってきた惣菜を味見してみると、いつものスーパーのよりずっと味が薄い……。ない、と言ってもいい。スーパーのも薄いのだが、それよりもっと。

でも、肉やイカが柔らかい。野菜もシャキシャキしている。それくらいはわかった。

夫の伸司《しんじ》は予定どおりの時間に帰ってきた。

彼がお風呂に入っている間に、温めた惣菜を皿に並べる。スーパーの惣菜とは色味が全然違っていて、手作りっぽく見えた。

ご飯をよそって、お気に入りのランチョンマットに並べてみると、すごくおいしそうに見える。

「いただきます」

伸司は疲れているようだった。ビールをまず飲んでしまって、なかなか箸をつけない。が、惣菜――きんぴらごぼうを少しつまんで一口食べると、一瞬固まって、目を見開いた。

「おいしいな！」

パクパクとすごい勢いで口に運ぶ。他のおかずも口にどんどん放り込み、ご飯もモリモリ食べる。最近食欲がないみたい、と思っていたのだが……。

「すごいな、お前もやればできるんだ！」

その言葉がざっくりと胸を突き刺した。真未は何も言っていない。これらが買ってきたものとも、自分が作ったものとも、なんとも。

「どうしたの、いったい――あれ？」

気づかれた。真未が惣菜にこっそり醤油をかけているのに。

「お前……このおかず、作ったんじゃないのか？」

伸司の様子が、目に見えてしぼんでしまった。

「作ってないよ。買ってきたの」

真未はやっぱり嘘がつけなかった。

「……いつもの惣菜じゃないんだな」

あたしが作ったものにはリアクションが薄いくせに、あのぬいぐるみが作ったものには「おいしい」と言うなんて。そう思ったら、急に怒りが湧いてきた。

「どこで買ってもいいでしょ？」

しばらく夫は絶句していたが、そのうち箸を置いて座り直し、こんなことを言い出した。

「前から言おうと思ってたんだけど――」

「何？」

真未は食べるのをやめなかった。味などわからなかったけれど。

「お前の味は、濃すぎるんだよ。俺は、この惣菜くらいがいいな」

真未は顔を上げる。

「——なんで今まで言わなかったの？」

「だって……だってそれは……お前はいっしょうけんめい作ってくれてるし、いつか改善されるかな、と思ってたから……。休みの日は俺が料理作って、それを真似てくれないかなーと思ってたんだ」

「あたしだって、あなたの料理に文句なんか言わなかったよ」

「文句あったの⁉」

「あったよ。薄くて、全然味がしなかった」

伸司はぽかんと口を開けていた。

「あれで薄いの？」

「薄いよ」

「……病院に行った方がいいんじゃないの？」

そう言われて、爆発してしまった。

「何その病院って⁉　あたしがどっかおかしいって言うの⁉」

立ち上がって、箸を投げつけた。夫には当たらなかったが、

「前々から思ってたけど、味覚《みかく》障害かも――」

「じゃあ最初からそう言えばいいじゃない！」

「いつ言おうか迷ってたんだよ！」

「いつからよ⁉」

夫が黙る。

「いつからなの⁉」

「結婚してすぐ……」

結婚して半年になるが、ずっと言わずにいたのか。

「お前だって、俺の料理が薄いって言わなかっただろう⁉」

だって……だってそれは、料理を作るのは妻の役目で、夫が上手じゃなくても仕方ないなって思ってたから……。真未は彼に「ありがとう」とは言ったけれど、「おいしい」とは言わなかった。だって彼は、今まで「おいしい」と言ってくれたことがなかった。

こっちが「おいしい？」とたずねると「おいしい」と答えてくれていたが、今思うと無

理していたようにも——今日みたいに、彼自身から「おいしい！」と言うなんて、聞いたことがなかった。

彼はずっとあたしに嘘をついていたの？

「嘘つき！」

真未は叫んで、寝室に飛び込んだ。ベッドに突っ伏して泣き出す。怒ってもいたが、同時に悲しくもあった。


ひどい。あんな人だと思わなかった。

その夜、真未は一人でベッドで泣きながら、考えた。

結婚する前、妹の奈津《なつ》から、

「お姉ちゃん、料理できるの？」

とバカにされたように言われたので、作ったことがある。その時、おにぎりをかじったとたん、奈津は吐き出した。

「塩が固まりでついてるみたい！」

と言われた。

「何もかも味が濃い！」

　と文句をさんざ言われたが、母は、

「そう？　こんなもんじゃない？」

　と言っていた。父は何も言わなかった。

「お姉ちゃん、味覚おかしいよ！」

　とさんざ言われたけれども、それは奈津の方なんじゃないか、という話を母親としていた。

　だが――今日読んだニュースを思い出して、とたんに不安になる。「妻が料理下手だと出世ができない」という記事だった。

　そんなのすべての人にあてはまるはずがない、とはわかっている。それに、自分が料理下手だとは思いたくない。きれいに盛りつけもできているし、写真に撮ると「おいしそう」と言われる。妹にさえも。

「なのにどうしてこんな味になるの？　味見しないの⁉」

　その時は「味見くらいするよ」と答えたが、本当はあまりしない。というかたいてい忘れる。調味料などは目分量でも、ちゃんと自分の口に合うものにはなるので、大丈夫だと思っているし。

あたしって、ほんとに味覚オンチなの？　あたしが「おいしい」と感じるものは、みんな「まずい」と思っているの？

ぬいぐるみが作る料理よりも、劣っているの？

あたし、人間なのに、ぬいぐるみに負けてるの⁉

そんなバカな。


次の日、きぬたに再び行ってみた。

土曜日だったけれど、夫と出かける約束はすっぽかした。寝室に来なかった夫は、居間のソファで寝ていた。黙って出ていくつもりだったが、メールで「今日は一人で出かける」と知らせてしまった。甘いなあ、あたし。

なんで来たのかはわからない。まだ昨日の怒りと悲しみは持続していた。

それを抱えて、何がしたいのか、自分でもわからない。

でも、ひとこと言ってやらねば、という気分なのだ。「ぬいぐるみのくせにあたしより料理上手だなんて！」とか。お門違いだというのは重々承知だ。

とはいえ基本ヘタレなので、そういうシミュレーションをしただけで終わりそう……。

そんなことを考えながら、店の前でぐずぐずしていると、

「あー、お腹減ったー！」

子供の声が背後から聞こえて、びっくりする。あわてて、きぬたの隣の店の前に移動する。

「やめなよ、催促《さいそく》してるみたいじゃん」

「してるんですぅー」

振り向くと、小学生くらいの子供二人が店の前でぺちゃくちゃしゃべっていた。

「教室の前に、なんか食べたい……」

「何すると思ってんの？　これから作るんだよ！」

「あ、そうか……。朝食べてこなかったんだよ」

「なんでそういうことするの？」

説教している方が女の子なのは想定内だったが、「腹減った」とわめいているのも女の子だった。

「お母さんにもすげー怒られた。けど、食べなかった！」

「あんたってほんとバカだよね……」

微笑《ほほえ》ましいんだか、シビアなのかわからない会話を続ける女の子たちに続いて、男の子たちもやってきた。

「おー、早いな」

とか言いながら、店の前に集まる。何、何かあるの、今日？

「ちゃんと準備してきた？」

「してきたよ。お前こそ忘れ物ないのかよ」

「大丈夫、学校じゃないから忘れない」

「学校でも忘れるなよ」

みたいなことをしゃべり続ける子供たちをぼーっと見ていたら、店の中から昨日のぬいぐるみが出てきた。自分たちより小さいぬいぐるみに気づくと、子供たちはピシッと姿勢を正して、

「おはようございます、ぶたぶたさん！」

と挨拶をした。

「はい、おはよう。いらっしゃい、どうぞ入って」

子供たちがはしゃぎながら店へぞろぞろ入っていく。十人くらいだろうか。

「あ、保護者の方ですか？」

その言葉が自分にかけられたとはしばらくわからなかった。

「あ、違います――」

なんと説明すればいいんだろう。文句を言ってやろうと意気込んでいたはずなのだが。

「あれ、昨日いらしたお客さんですよね？」

びっくり。憶えていたんだ。ビーズの点目のくせに目がいい。

「どうかなさいましたか？」

「あの……」

言おうと思っていたことは、全部頭から抜け落ちた。この点目と優しげな声に触れると、とにかく毒気を抜かれる。昨日はイライラしていたけど、今日は少し心が弱っているから。

「何……してるんですか？」

自分こそ何訊いてるんだと言いたい。

「え、あの子供たちですか？」

「そ、そうです」

「今日はね、料理教室です」

「料理教室!?」

真未はさらに混乱する。誰が誰に料理を教えるっていうの!?

「誰でもできる簡単なご飯ですよ」

「子供のための料理教室なんですか?」

「そうです」

子供よりも小さいのに……。教えられるんだろうか。ていうか、教えるんだよな……このぬいぐるみが。

あたしより料理が上手らしきこのぬいぐるみが。

「保護者さんじゃないんですか?」

「はい、違います……」

「そうなんですか」

このまま偶然を装って帰る、というのがベストなのだろう。でも真未は、どうしてもこのぬいぐるみが料理上手だと信じることができなかった。だってやっぱり自分の口には味が薄く感じる。

「料理教えるの、上手なんですか？」

「上手っていうか、手順を教えるだけですよ。簡単なものでも、おいしく食べてもらうことはできるから」

それを聞いて、真未の中で何かが爆《は》ぜた。

「あああ——あたしだって、そう思ってます！」

ぬいぐるみの点目が、ちょっと大きくなった気がした。

「あたしだって、あたしだって、おいしく食べてもら——！」

続けようとしたが、涙がボロボロこぼれてきた。それは自分が、「おいしい」ってどういうことかわかっていないということに気づいたから。

「どうしたの⁉」

ぬいぐるみの声が、あわてていたが、涙は急に止まらない。

「あー、ぶたぶたさん、女の子泣かせてー」

女性の声が背後からする。

「あっ、加代《かよ》ちゃん、遅いよ！」

「ごめんごめん、ちょっと寝坊しちゃってえー。みんな来てる？」

「来てるよ。加代ちゃんが一番遅い」

「あちゃー、そうかー。でも、この人は？」

「この人は……よくわからないんだけど」

指の間から垣間《かいま》見ると、ぬいぐるみは戸惑った顔をしている。目と目の間にシワが寄っていた。

「昨日、お惣菜を買いに来てくれたお客さんなんだけど」

「ねえ、なんで泣いてるの？」

肩をガシッとつかまれて、顔をのぞかれる。えっ、少年!?　いや、「カヨちゃん」って言われてたよね？　でも目の前にいるのは、某男性アイドルにそっくりのイケメンだった。服装はジャージだったけど。

「ぶたぶたさんに会って泣く人っていうのも珍しい」

「そうじゃないと思うけどね……」

いや、ある意味当たっている。真未は袖《そで》でぐいっと涙を拭《ふ》いた。

「すみません……」

「いいよいいよ。何かあったんでしょ？　たまには泣きたくなる時もあるって」

美少年然とした顔から出るちょっとギャルっぽいしゃべり方の破壊力たるや、ぬいぐるみよりもインパクトがありそうだ。

「こういう時はぶたぶたさんのご飯を食べるのが一番だよ！　一緒に教室手伝わない？」

「加代ちゃん、この方にも都合が――」

「大丈夫大丈夫」

「何が大丈夫なの？」

ぬいぐるみの問いに、彼女は胸をドーンと叩く。

「この人が子供に悪さするような人だったら、あたしが叩き出すから！」

そういう大丈夫かよ！

と心の中でツッコんだら、笑いがこみあげてきた。道端でゲラゲラ笑ってしまう。確かにこのぬいぐるみでは、あたしが暴れても役に立たなそうだ。その点、この人なら大丈夫だろう。顔こそ美少年だが、身体はがっしりしていて、すごく迫力がある。そして、そばには小さなぬいぐるみ。

なんだろう、このちぐはぐな感じ。不思議な世界に迷い込んだみたい。あたしはアリスか⁉

「お、元気になった？」

顔を上げた真未に、女性は言う。

「涙は止まりました……」

「じゃあ、手伝ってよ！　いいよね、ぶたぶたさん！」

「加代ちゃんがいいって言うなら……」

ぬいぐるみはずっと困った顔をしていたが、最終的には折れた。

「あたしねー、安倍《あべ》加代子っていうの。この子たちは少年野球のチームメイトで、あたしの兄貴が監督やってるんだよね。あたしもOGで、たまに手伝ってるんだー」

何かスポーツをやってるのかな、と思ったが、そういうことなのか。大学生で、歳は真未の一つ下だった。

「大学には女子野球部がなくて、柔道やってるんだけど」

お、おう……豪快な女の子だ。

「少年野球のつながりで、ぶたぶたさんのお店でバイトもしてて。今日は女将さんが用事でいないから、ボランティアで手伝い」

え、「少年野球のつながり」？

「ぶたぶた……さんも野球を手伝ってるの？」

「ううん。ぶたぶたさんはたまに趣味で参加するの。試合に」

試合に。どうやって？　バット振れるの？　振ったら一緒に飛んでくだろう？

絶句している間に、加代子は話し続ける。

「あたし、料理苦手でー、それでぶたぶたさんにたまに教えてもらってて、その流れでこの子たちの教室を開くことになったの」

いろいろ説明してくれるが、よくわからない……。

「いや、お腹すかして帰った時にあったかいもの食べたいでしょ？　子供だってそう思うと思ったんで、包丁を使わない料理を教えてるんです」

ぶたぶたが口をはさむ。

そうか、なるほど。でも自慢ではないが、食材を切ったりするのは得意だ。

「おまけに今日のは味つけもしない」

「えっ⁉　どういうこと、ぶたぶたさん⁉」

「味がついてるものを入れるから、それ以上味つけするとしょっぱくなっちゃうからね」

「はー、そうか。でもそれ、あたしが手伝うとこ、あるの？」

真未も同じ気持ちだった。

「まあ、加代ちゃんはつきそいってことだから。見てるだけでいいよ。子供でもできることなんだからね」

「わかった！　あたしも見てればできるってことだね！」

加代子はまったく屈託《くったく》がないようで、そう返事をする。

真未は、自分の味オンチを指摘されるのが実は一番いやなことだった。自虐的にカミングアウトしたり、ネタのように言ってしまうのは、それ以上触れられないよう釘を刺しているのだ。自分で言うのはいいが、人からは言われたくない。

自分はダメな妻だと思いたくない。他のことはできるのに、一番肝心なものができていない気がするのだ。それだけで全部ダメみたいに感じてしまうのがいやだった。

「はい、じゃあ、テーブルの上にあるものの説明するよー」

ぶたぶたがぽふぽふと手（？）を叩いて声をかけると、騒がしかった子供たちがパッと彼の方を向く。彼は椅子の上に乗っていた。それでも、誰よりも小さい。

「その前に、手は洗ったかな？」

「洗ったー！」

「洗いましたー！」

口々に叫ぶ子供たち。

「エプロンも三角巾《さんかくきん》もつけたね」

「はーい」

二班に分けられたテーブルの上には、炊飯器とバットに載った食材。ツナ缶と塩昆布としめじ。

「きのこのかわりに他のものを入れてもいいです。野菜ちぎって入れたり、枝豆入れたり。おうちの人に相談して工夫してみて」

「はーい」

「お米の研《と》ぎ方と炊き方はこの間やったよね？　なので、今回はみんなでやってみて」

ひと班ずつかわりばんこに米を研ぐ。ぎこちないながらも丁寧に米を洗い、水の分量を計る。

さすがにこれくらいは真未でもできる。お米はいいな。味ないから。

「この間はご飯と味噌汁作ったよ」

加代子が解説してくれる。

「お米炊ければ、なんとかなるから。お味噌汁はマグカップにお水とキャベツちぎったの入れてチンして、だし入りチューブ味噌とカットワカメ入れただけのやつ」

「包丁もガスも使わないのね」

「そう。そのかわり、ヤケドには気をつけろって口酸《す》っぱくして言ってたよ」

あったかいものを食べるんだから、仕方ない。

「はい、じゃあツナ缶の油を切って」

ぶたぶたが器用に缶のふたを開け、ざるに中身をあける。手先の布に油が染みるのでは、と思ったが、ラップを巻いていた。

「残った油はあとで使ってって、おうちの人に言って。野菜炒めとかチャーハンに使えるよ」

油を切ったツナを炊飯器の中に入れ、塩昆布もスケールで計って入れる。

「これが適量だって憶えておいてね。塩昆布はしょっぱいから、入れ過ぎると味が濃くなって食べられなくなっちゃうから」

真末はその「適量」というものをよく見て憶えた。炊き込みご飯だから途中で足すことができない。

「ちょっと薄いかなってぐらいにして、よく味わって食べること。たいていはおかずもあるからね。わかった？」

「はーい！」

よく味わって食べる？　どういうこと？

「しめじをちぎって、炊飯器に入れて——あとはスイッチを入れるだけ」

「わー、簡単！」

「おうちの人が遅い時とかに作ってあげるといいよ。この間教えた味噌汁とか、これから作る電子レンジ肉じゃがとか」

ぶたぶたは新じゃがの小芋を皮ごと使った肉じゃがを子供たちに教えた。肉はちぎるかキッチンばさみで切り、じゃがいもと一緒に耐熱《たいねつ》容器に入れて、これまたチンするだけ。

「包丁が使えるようになったら、玉ねぎも入れてね。新じゃがの皮が気になるようなら、タワシで洗うといいよ。芽が気になるなら、ピーラーの芽取りを使う」

　ぶたぶたは、皮むき器の刃の両側についている耳みたいなやつをじゃがいもの表面に滑らす。

「あっ、あれって芽を取るものだったの⁉」

　真未と加代子の声がきれいにハモってしまう。ちょっと恥ずかしい……。

「大丈夫だよ、俺も知らなかったし」

　と半袖半ズボンの少年に慰められる。

　簡単肉じゃがをみんなで食べ、お茶を飲んだりしながらご飯が炊きあがるのを待つ。子供たちはなぜかトランプを始めた。

　真未は肉じゃがの味がやっぱり薄くて、戸惑っていた。

「ぶたぶたさん、おいしくて簡単でいいね〜！」

　加代子はとても喜んでいる。

「これ、おいしいの……？」

　思わず小声で訊いてしまう。

「あっ！　そうだね、そこまでじゃないかも！」

ちょっとほっとするが、

「ぶたぶたさんがちゃんと作ったものの方がずーっとおいしいもんね。でも、ご飯のおかずにするくらいなら、充分おいしいよ。だしつゆ使えば、もっと簡単だし、失敗も少ない」

耐熱容器に入れたのは、醬油と砂糖とみりんとお酒を合わせた調味料だった。ちゃんと計量スプーンで計って入れていた。

「何を多くすれば、少なくすればいいのか、ちゃんと計るからわかるんだからね。『基本の味』みたいなのを憶えてね」

そう言っていたけれども……。

「ん？　なんかピンと来ない？」

加代子が真未の顔を見て言う。

「あたし……やっぱり味覚オンチなのかな……？」

「そうなの？」

ぶたぶたがぬっと顔を出した。

「わああっ」

点目のアップに、つい叫んでしまう。

「どうしてそんなふうに思うんですか？」

「ええと……みんなおいしいって言ってるものを薄く感じてしまうんです……」

この肉じゃがも、昨日の豆腐ハンバーグも、買って帰ったきんぴらごぼうも。

「料理を作っても味を感じるまで味つけすると、すごく濃くなっちゃうらしいんですけど、自分にはちょうどいいっていうか……やっと味を感じるっていうか……」

「亜鉛《あえん》が足りないんじゃない？」

加代子が言う。

「亜鉛？」

「不足してると味覚障害になるっていうよ」

「それはよく聞くけど、僕たちはお医者さんじゃないからねえ」

たしなめるようにぶたぶたは言う。しかし加代子の勢いは止まらない。

「精神的なことで突然味がわからなくなることもあるみたいだけど？」

「ええと……昔から。母もそうかな、もしかして」

「お母さんも？　お父さんは？」

「父は何も言わないです」

何も言わないってどういうことなんだろう、と気づく。言ってもしょうがないとでも思っていたんだろうか。

「さっき泣いてたしー、考えてること話しちゃえば？　ぶたぶたさんなら解決してくれるよ！」

「加代ちゃん、安請《やすう》け合《あ》いしないで……」

ぶたぶたは困った顔をしているが、結局真未は昨日の夫とのケンカや、結婚前の妹の言葉などを話してしまう。子供たちはトランプなどで遊んでいたり、宿題をしていたりしていて、総じて騒がしい。それがかえってよかった。二人にしか聞こえないように話せる。

「それは……多分、お母さんが真未さんと同じタイプの人っぽいね」

ぶたぶたは言う。

「そうなんでしょうか？」

「お母さんの作ったものを食べてみないとわからないけど」

「母は、あまり料理しないんです……」

父親もそれほど食にこだわらない。外食も多かったし。

「好きな料理は何？　食材でもいいけど」

しばらく考えたが、

「特にありません」

というか、そういう答えが出たのに自分で驚いた。加代子も目を丸くしている。ぶたぶたも——少しだけ目が膨張《ぼうちょう》しているように感じた。

「夕飯のメニューとかどう決めてるの？」

ぶたぶたが訊く。

「三百六十五日のメニューブックみたいなのがあるじゃないですか……それで決めたりしています」

「スーパーで旬だから安売りしてるものを買ったりする？」

「いえ、書いてあるとおりのもので作るんですけど——」

「味つけが濃いんだね」

「旦那さんには量を守った方を出せばいいんじゃない？」

加代子の言葉はもっともなのだが……。

「それって根本的な解決じゃないでしょ、加代ちゃん」

「そういえば、妹は小学校の高学年くらいから食事作ってましたね……」

「あ、そうか……」

母は「味が薄い」と文句を言って、真未は黙って醤油や塩をかけて食べた。父はそのまま食べていた。

その後、大学の寮《りょう》に入った妹のかわりに、真未がたまに作るようになったのだが、父はあまり食べてくれなかった。母は喜んで食べていた。そのあと真未は、大学時代のバイトで知り合った伸司と結婚した。

気にしていなかったことを少しずつ思い出す。真未は、また泣きそうになってしまう。

その時、炊飯器のアラームが鳴った。

「炊けたー！」

子供たちがいっせいに喜ぶ。ふたを開けると、ツナの香ばしい香りが広がる。

「いい匂い……」

「匂いはわかるんですね」

ぶたぶたが言う。

「そうですね。嗅覚《きゅうかく》は普通だと思うんですけど」

「匂いがわかるのなら、単に経験値が低いだけかもしれませんよ」

「そうですかね……」

「味って、子供の頃からの積み重ねっていいますからね」

なら一緒に育ったはずの奈津はどうなんだ、という疑問はあるが、昔から彼女は母の料理にケチをつけ、折り合いが悪かったのだ。

真未は母のいうことをきくいい子だった。妹と仲が悪いわけではないけれど。

「経験値ってどうやって増やすんでしょうか……？」

「うーん、まずは味わって食べるってことじゃないですかね？」

味わって食べる……。そんなことした憶えはなかった。お腹がすいたから食べる。それだけだ。味もほとんど感じないから、ゆっくり食べることもしなかった。ちょっと嚙んだら、すぐ飲み込む。食事も早く終わるし、中断したことをすぐに再開できる。

ぶたぶたと子供たちと加代子は、さっそく炊き込みご飯をよそっていた。

「どうぞ。冷めないうちに食べましょう」

ぶたぶたが呼んでくれる。みんなでテーブルにつき、

「いただきます」

と言って、箸を取った。

「味わって食べるっていうのはね」

ご飯をじっと見つめる真未に向かって、ぶたぶたが言う。

「ゆっくり食べるということです」

「どうやって？」

早食いしかしたことないのだ。

「よく嚙めばいいんです。そうだなあ……最低三十回」

「そんなに？」

「そうです。咀嚼《そしやく》することって、身体全体にもいいみたいだしね。ぬいぐるみの僕が言っても、あまり説得力ないけど」

すごいこと言われた。彼は自分がぬいぐるみだと認めている。味覚オンチであることとどっちが大変なことなんだろう……。

真未はぶたぶたに言われたとおり、一口、口に入れて、三十回数えながら食べた。

最初は味が薄くて、すぐに飲み込みたくなったが、我慢して数えた。三十回ちゃんと嚙んだが、味に特に変化はない。

そういえば、米をずっと嚙んでいると甘くなってくる、と聞いたことがあるけど、そこまで嚙んだこともなかったな。

「みんな、ゆっくり食べるんだよ」

ふざけて食べる男子を注意しながら、ぶたぶたが言う。真未の方を見て、にこっとしてくれた。

なんでそんな顔してるってわかるんだろう、ぬいぐるみのくせに。

何口か食べたところで、ついに変化が出てきたような——。

「あ……味がしてきた気が」

「どんな？　米の甘みかな？」

ぶたぶたと加代子が固唾《かたず》をのんで見守る。

「いや……なんか、匂いとつながるみたいな……どう言えばいいのか……」

「それを忘れないようにして、ゆっくり食べてごらん」

そういえば、母からは「早く食べなさい」みたいなことしか言われたことないな……。

さっきとは別の涙が目に浮かんだ気がしたが、鼻をすってこらえた。

結局、完食してもちゃんとした味を感じることはできなかった。でも、濃い薄いだけでない味のかけらを少しだけ感じられたような気がした。

子供たちはみんな「おいしいね」と口々に言っている。

あたしも、「おいしい」って言いたい。感じたい。子供たちの幸せそうな顔を見ていると、そう思う。

おいしいものを食べていると、ご飯の時はいつもあんな顔をして、幸せな気分になるんだ。

真未は、ずいぶん長いこと、損をしていたような気分になる。そして、伸司に対しても申し訳ない気持ちを抱いた。休日に作ってくれた彼の食事を「おいしい」と今まで感じていなかったのだ。

ちゃんとご飯を食べたい。そして、作りたい。心からそう思った。

ぶたぶたの料理教室は、月に一度やっているという。今日は子供向けだが、大人向けのものもあるそうだ。

「今度、それに行ってもいいですか?」

「いいですよ！　ぜひ来てくださいい。電話くださいね！」

名刺を渡された。そういえば、伸司に「料理教室に行ってみたら？」とさりげなく言われたような気がしないでもない。でも、自分に都合の悪いことは、聞かないようにしていたのだ。

帰り道にそんなことを思い出して、それって母みたい、と思う。

「お母さんは、自分に都合のいいことしか聞き入れない！　都合の悪いことしか言わないあたしのことが嫌いなんだよ！」

そう言っていた奈津の悲しそうな声を思い出した。

どうして妹は、あんなことを言ったんだろう……。

真未は、家にまっすぐ帰らず、実家へ向かった。誰かに説明してほしかった。「おいしさ」がわからないように、あたしは家族もわからない。

実家には誰もいなかった。携帯に電話をすれば、それぞれ連絡がつくのだろうが、そこまでする気力はもうなかった。居間にへたり込む。

その時、玄関の鍵が開き、誰かが帰ってきた。

「あれ？」

振り向くと、奈津がいた。持っていた荷物を畳の上に放って、駆け寄ってくる。

「お姉ちゃん、どうしたの？」

「奈津こそ——」

「どうして泣いてるの？」

またあたし泣いてるの？　今日は一年分くらいの涙を流した気分だった。

「お義兄《にい》さんとケンカでもした？」

「ケンカ——は、したけど、それで泣いてたんじゃないよ」

「じゃあ、何？」

「あたしは、お母さんに似てるなあって」

「そうでしょ？　あたしだって似てるよ」

確かに真未と奈津と母の顔は似ている。

「違うの。あたし、味オンチだったの……」

そう言って、また真未は泣き伏す。奈津はしばらく背中を叩いてくれていたが、やがてお茶をいれて持ってきた。それを飲むと、だいぶ落ち着いたような気がする。

「お姉ちゃんは味オンチじゃないよ」

しばらくして、奈津が言う。

「昔、あたしが初めて料理作った頃、お姉ちゃんは『おいしい！』っていつも言ってくれたよね。それがうれしかったんだよ」

奈津は二つ年下だから、真未が中学生の頃にはもう彼女の料理を食べていた。でも、

「そんなの憶えてないよ……」

味が薄くて、醤油かけて食べたってことしか。

「でも、お母さんみたいに『そんな余計なことするな』なんて言わなかったじゃん」

「子供だったもん、あたしだって……」

「お母さんは、自分が味覚オンチだって知られたくなかったんだよ」

それもまた、自分と同じだ。

「あたしはさあ、小学生の頃から友だちのうちでご飯食べてて、そのおうちのおばさんに料理教わったりしてたの。お母さんのご飯まずいし、あたしと反《そ》りが合わなかったし。お父さんは頼りにならないし。

でも、あたしはいいの。あたしは、お母さんのご飯をはっきり『まずい！』って言ってた。けどお姉ちゃんは言えなかったんだよ。お母さんが、お姉ちゃんだけには言わせ

なかったから」

「どうして？」

「お姉ちゃんはお母さんのお気に入りだったから。あたしの料理を食べて『おいしい』って言うお姉ちゃんを許さなかった。お姉ちゃんのおかずに最初に醬油をかけたのは、お母さんだよ。それがいつの間にか習慣化して、お姉ちゃんが自分でかけるようになっちゃったの。お母さんは、お姉ちゃんを自分と同じようにしたかっただけなんだよ」

いきなり聞かされた話に、真未は混乱していた。

「お姉ちゃんは、おいしいものを食べていれば、きっと味覚は普通になるよ。『薄い』なんて決めつけないで、じっくり味わって食べてごらんよ。お義兄さんの料理、おいしいって聞いたよ」

「なんで、今まで——」

言ってくれなかったの？　と言いかけて、今まではそれを聞かなかった自分がいたのだ、と思い当たる。自分の嫌な部分からずっと目をそらし続けたら、母のように歪《ゆが》んでしまう。それをほったらかした父——いや、それは家族である自分も同罪だろうか。

守ろうとしてくれたのは、幼い妹だけだった。今まで、ごく普通の家庭だと思っていたのに。

「ごめんね……」

「いいんだよ。とりあえず、お義兄さんと仲良くして」

「うん……」

真未は冷めたお茶を飲み干す。

「でも、なんで奈津は帰ってきたの？」

母は「全然帰ってこない！」と文句を言っていたけれど。

「ああー……お父さんにお弁当をね」

「ええっ」

畳に放り出してあったのは、使い捨ての容器に入ったおにぎりやおかずだった。父の部屋にそれを置いてくると、奈津は、

「もうお父さん甘やかすの、やめようかなー……。いちいち友だちんちの台所借りるのもめんどくさいし」

とブツブツ言っていた。

「いっつも黙ってるだけだし！」

のかもしれない。
歪みは、時がたつにつれて、大きくなる。両親に対しても、何か考えなきゃいけない
「そうだね」

家に帰ると、玄関に伸司が飛んできた。

「ごめん」

いきなり謝られたので、真未も反射的に、

「ごめんなさい」

と頭を下げた。すると、悲しそうだった夫の顔が、一気に笑顔になる。

「夕飯作ってあるよ」

「あ、ありがとう……」

食卓には、野菜がたくさん入ったクリームシチューとパンとサラダが並んでいた。

着替えてから、二人で食卓に向かい合って座る。

「いただきます」

柔らかく煮えたじゃがいもを口に入れる。熱い。熱いけど、真未はそれをゆっくりと

咀嚼した。ぶたぶたに言われたとおり、三十回噛む。

「薄いっていうのがわかるってことは、それも味ってことだから。何度もそれを食べて、慣れてみるのも一興だよ」

味がよくわからなくても、野菜がホクホクしていたり、肉がジューシーだったり、ソースがなめらかだったり——そういう味わい方もあるってぶたぶたは教えてくれた。

仲司は、そうやって味わって食べる真未を、珍しいものでも見たように見つめている。

「どうしたの?」

「いや……ゆっくり食べてるなあって。いったいどうしたの?」

彼の問いに、こう答えた。

「よく味わって食べてるの」

まだ味なんてわからないけど、ゆっくり食べるだけで、なんだか気分が落ち着く。そして、身体が温まる。

「どうして急に……?」

「それは……ご飯食べ終わったら教えてあげるね」

ぶたぶたの料理教室のこと。奈津と話したことも。

「そうか。じゃあ、俺ももっとゆっくり食べよう」

伸司はそう言って、にっこり笑った。

ひな祭りの前夜

仕事帰りに、夫の平《たいら》がぬいぐるみを拾《ひろ》ってきた。

色がわからないくらい、汚れてボロボロだった。水たまりに落ちたのだろうか。

「なんで拾ったの、こんなもの」

「話せば長くなるんだよ」

どこで買ったのか、タオルでくるんだぬいぐるみを初子《はつこ》に差し出す。

「どうするの？」

「とりあえず、洗ってやろうと思って」

初子は首を傾げた。我が子の持ち物ならいざしらず、拾ったぬいぐるみを洗うとは？

「誰かの落とし物なの？」

それを拾ってあとで届けてあげようと思ったの？

「いや、違う……」

「じゃどうして？」

「そうしないと染みになりそうだし」

早く片づけて、作業に戻らないと。

「じゃあ、とりあえず洗って乾かしておくわ。

「うん、まあそうだ」

「そんなに複雑なの？」

どう話そうかと考えている顔だ。

「えーと……」


「いや、俺が洗った方が——」

「あなた、ぬいぐるみを洗ったことある？」

「いや、ない」

初子はかつて息子・明人《あきと》のぬいぐるみをいやというほど洗った。

「高級なものなの？」

外国製とか？

「いや、わからん」

「じゃあ、とりあえず手洗いしとくわ」

ネットに入れて洗濯機で洗うともっときれいになるのだが、人様のものかもしれないから優しく手洗いしよう。

風呂場で洗面器に浴槽《よくそう》のお湯を取っていると、夫がのぞきに来た。

「夕飯用意してあるから、食べてていいよ」

「いや、あとでいい。見てる——」

まあ、別にいいけど。

洗面器のぬるま湯におしゃれ着洗い用の洗剤を溶かし、ぎゅうぎゅう押し洗いする。

「ああっ」

ドアの脇に立って、夫が小さな悲鳴をあげる。

「なんなの？」

「いや、そんな乱暴にして、いいものなの？」

「ぬいぐるみなんだから、当たり前でしょ？　それに、これでも丁寧に洗ってますっ」

「ごぶっ！」

変な音がした。何!?

「ああっ！」

夫がザバッとぬいぐるみを洗面器から取り上げた。

「何すんの⁉」

夫はシャワーをぬいぐるみに浴びせ、あわててタオルにくるんだ。そしてそのまま風呂場を出ていく。

「ちょっと！　どこ行くの⁉」

「やっぱりこの人は病気なんだ！」

「えっ⁉」

何言ってんの？　どういうこと？

客間に入っていく夫を追っていくと、ふとんを敷いていた。

「どうしたの？」

「いや、寝かせようと思って――」

「何を？」

「この人を」

と言って、タオルにくるまったままのぬいぐるみを指さす。

呆然としていると、本当にぬいぐるみをふとんに寝かせてしまった。客用のいいふとんなのに！　今日干したのに！　湿《しめ》ったタオルー！

「熱あるかな？」

と言って、ぬいぐるみのおでこに触る。熱があるのは、あんたじゃないのか⁉

「……熱はありません」

え、誰の声？

「熱は出ないたちなので」

「そうですか。何かいりますか？」

「いいえ、特には……」

「お腹減ってません？」

「いえ、大丈夫です。しばらく休ませてくだされば……」

「わかりました。電気消しておきますね」

「ありがとうございます、小川《おがわ》さん……」

夫が謎の中年男（の声）と会話している。何が起こっているの？

客間のふすまを閉めた夫に、

「何してるの？　誰？」

知らない人を泊めるわけには——見えないけど。

「あのな、心して聞いてほしい」

「何よ」

「さっきぬいぐるみを拾ってきたと言ったけど、あのぬいぐるみさんは……実は、生きてるんだ」

初子は、夫のおでこにぴたりと手を当てた。

「熱はないみたいね」

「ほんとなんだよ！」

手をバタバタさせて、夫は言う。

「あ、静かにしないと起きちゃう――」

ぬいぐるみに気をつかうってどういうことなんだ？

「とにかく、リビングで話そう」

追い立てられるように客間から離される。リビングのソファに向かい合って座った。

「最初から話すよ」

早くしてほしい。このままではお客用のふとんがどんどん湿っていくから。明日、息子夫婦が三歳の孫娘・唯子《ゆいこ》を連れてやってくるというのに。それに、唯子のためのプレゼントを今作っている途中なのだ。

「会社の帰りに駅までの近道で公園を通るんだけど、そこであのぬいぐるみさんがベンチでしょんぼりしているのを見つけた」

「しょんぼり……水たまりに落ちてたの？」

「いや、それはもっとあと」

あとなんだ……。

「彼の名前は山崎ぶたぶたという」

芝居がかってきた。名字あるのか。

「歳は俺より十歳くらい年下だそうだ」

夫は五十七歳、ちなみに初子は五十五歳である。歳には関係なく、ぬいぐるみは我々よりずっと小さい。

「性別は男性だ」

「あ、そう――」

としか言えない。

「いや、正直ベンチに座っていた時は、誰かの忘れ物だと思ってた」

初子は、公園のベンチにちょこんと座っているぬいぐるみを想像した。かわいい。かわいいけどしょんぼりとかわからないだろう、普通。

「そしたら、突然声をかけられたんだ、前を通り過ぎようとした時」

「なんて？」

「『すみません。ここら辺で黄色いリュックを見かけませんでしたか？』」

「そのぬいぐるみに？」

「最初は俺だって戸惑った。でも、誰もいないし、声はするしで、キョロキョロしてたら、

『ちょっとここで居眠りをしていたら、なくなってしまったんです。小さなもので、子供用に見えるかもしれません』

って言われて、リュックのことをいろいろ説明された。

無視しようかどうしようか迷ったけど、知らないから『知らない』って言ったんだ。

そしたら、

『そうですか……』

って、耳垂れ下げてほんとにがっかりしてたからかわいそうになって、一緒に探して

あげた

「どうしてそうなるの⁉」

何かいろいろと大切なことをすっ飛ばしている気がする。

「いや、実際その様子を目《ま》の当たりにしてみろ？　超かわいそうなんだから！」

目の当たりにしていないから、初子にはわからない。

「それで、二人で周囲を探しまわったんだけど、リュックはなかった。彼はその中に財布も携帯電話もＳｕｉｃａ《スイカ》も入れていて、どうやって帰ろうかと悩んでた」

初子は夫の話を、普通の中年男性山崎さんと知り合ったこととすり替えて聞いていた。

彼はつまり、置き引きにあい、夫が何もかもなくした彼を気の毒に思い、家に連れて帰ってきた――ということか。

「置き引きでしょ、それ。警察に届けたの？」

「届けたって。カードとかも停止したって。でももしかしたら見落としてるかもしれないって思って探してたんだって」

「それ、警察に届けた時に財布も何もなかったら、電話借りて家に連絡して迎《むか》えに来てもらうか、警察にお金を借りて家に帰るかどっちかだと思うんだけど」

「彼の奥さんとお子さんは、今奥さんの実家に行っているそうだ」

「ふーん――って、奥さん⁉　子供⁉」

すごい設定が出てきたぞ！　ぬいぐるみなのに！

いや、この話は普通のおじさんの話、普通のおじさんの――。

「警察にはお金を借りたみたいだけど、帰る前に探してたんだよ」

「なら、どうしてうちに連れて来たの？」

本当にいるのか、不安になってきた。いや、本当にいても不安だが。普通のおじさんなら。

「なぜぶたぶたさんが公園のベンチでなんて寝てたと思う？」

ぶたぶたさんだなんて馴《な》れ馴れしい言い方をして、こっちにクイズを出してくる夫。

「わからないけど」

「わからないよな。そりゃそうだ」

ハハハとなんだか楽しそうだが、ちょっとイラッとした。こっちはプレゼント作りなどで連日徹夜並に忙しいというのに。

「なんなの？　いったい」

こっちのイラつきが伝わったのか、夫は少し怯《おび》えたような目をして、話を続けた。

「ぶたぶたさん、一人で飲みに出て、具合が悪くなったんだって。飲み過ぎかなと思ってちょっと公園で休んでたら眠っちゃって。普段はそういうことないんだって」

会ったばかりの人（？）なのに、長年の友だちのように話す。

「そしたら、その間にリュックを盗まれちゃって」

「ねえ、それって」

「何？」

「置き引きってことももちろんあるけど、単に落とし物としてリュックがどこかに届けられてるってことはないの？」

人の脇にあるのとぬいぐるみの脇にあるのとじゃ、印象はだいぶ違う。

「だったら、ぶたぶたさんだって届けられてるはずだろ？　どう見ても子供の落とし物だから」

「あー、なるほど」

それもそうだ。やっぱり置き引きなのか。子供の持ち物（に見えるリュック）から金品を奪おうとはひどい奴もいたものだ。

って、なかなか本題に行かない気がするのだが……。

「それからどうしたの？」

「あ、で、一緒に探してたんだけど、突然ぶたぶたさんが倒れて。水たまりに」

やっと水たまりが出てきた。

「すぐに拾い上げたんだけど、もうぐっしょり濡れちゃって、声かけても目を覚まさないし――」

「ちょっと待って。目はビーズだったよね？」

目を覚まさないということは、あれを閉じてたということ？

「まあ、目を開けて寝るみたいではあったよね」

何そのあやふやな物言いは。

「で、俺は考えた」

また少し芝居がかる。

「何を？」

「公園のベンチに座って、ぐったりしたぬいぐるみに向かって『大丈夫ですか!?　しっかりしてください！』と言い続ける自分がどんなふうに見えているかなあって」

「……人通りあったの」

「けっこう」

抜け道として使っている人が多いところだと初子も知っている。

「しかもぐったりしてるぶたぶたさん見てたら、自分の今までの行動も現実なのかどうなのかわからなくなっちゃって」

「どういうこと？」

「いや、ベンチに落ちてたぬいぐるみ相手に一人芝居をしていたんじゃないかと」

これは……なんと答えればいいのだろうか。とりあえず、黙っておいた。

「一瞬、今までのことはなかったことにして、帰ろうとしたんだけど」

「それはつまり、ぬいぐるみを置いてってことね」

「そう。でもやっぱりそれはできなかった。だってベンチに置いてみたら、ほんとにかわいそうで……」

それで、家に持って帰ってきたのか。

「人間じゃないから、場所も取らないかなと思ったんだけど」

「でも今、お客さん用のふとんに寝てるよね？」

今度は夫が黙った。

初子はため息をついた。

「まあ、その……ぶたぶたさんは、具合が悪くて寝てるってことね？」

「そうそう」

夫は首をぶんぶんさせてうなずく。

「具合が悪いんじゃ、追い出すわけにはいかないよね……。とりあえず、お話しできるくらい回復してから考えましょう」

「ほんと？　ほんとにいいの？　ありがとう、納得してくれて！」

納得してないよ！　これ以上、時間をムダにしたくないだけ！　いいかげん、作業に戻らないと困るから！

でも、夫はとてもご機嫌だった。


数時間後、ようやくできあがった。唯子にあげようとがんばって作ったドレスが！

ディズニープリンセスが大好きな唯子のためのコスプレ用ドレスだ。

どちらかというと不器用な方なので、人よりずっと時間はかかったが、きれいにできあがったと思う。少し友だちに手伝ってもらったが、ほとんどは初子の手によるものだ。嫁の恵那《えな》が作ったティアラとかブレスレットとかのアクセサリーと一緒に着飾ってほしい。

　唯子、喜んでくれるかな――。明日はひな祭りのお祝いで、そのプレゼントなのだ。ああ、もうこんな時間。そろそろお風呂に入って寝なくちゃ。ミシンを片づけてリビングから廊下へ出る。家の中はしんと静まり返っていた。夫はとうに寝ているらしい。廊下を歩いていたら、客間のふすまの前に何かが落ちていた。

　あれ、ふとん？　と思ったら、もぞもぞと動いて、中から白っぽいものが出てきた。

「あ、すみません……。先ほどは、失礼しました……」

　夫ではない男性の声にちょっと怯んだが、どう見ても自分よりも小さなぬいぐるみからそれは発せられていた。

　どうしよう、無視して行っちゃおうかしら、と思ったが、礼儀正しい言葉づかいに足が止まってしまう。暗いし、メガネをはずして手に持っていたのでよく見えない。疲れていて、あまりよく考えられないので、とりあえず普通に話すことにする。

「まだ具合悪いんじゃないんですか？」

「だいぶよくなりました。ありがとうございました」

人間だとすれば、この声はまだよくなっていなさそう。弱々しい。

「まだ寝ててください」

「いえ、ご迷惑でしょうから……帰ります」

わたしたちの話を聞いていたんだろうか。

「帰るにしても、電車は動いていませんよ」

もう真夜中なのだが。

「あ……」

それさえも気づいていないんだから、やはり本調子ではないのだろう。それに、財布もないんだし。警察は電車賃くらいしか貸してくれないはずだ。

「お腹空いてませんか？」

ぬいぐるみは何も食べないだろう、と自己ツッコミをしながら、親切なおばさんならこう訊くだろうことを言う。

「いいえ、まだめまいがあるので……」

お、やっと具体的なこと言ってくれた。

「じゃあ、とにかく横になってください」

「はい。あ、すみません、図々しいんですが……」

「なんでしょう？」

「お水を一杯いただけますか？」

なんと奥ゆかしい――のはいいけど、水、飲むのか。食べないけど飲むのか！　いや、飲むかどうかはわからない。何するつもり!?

客間に白っぽいものが戻るのを見届けて、初子は台所へ行った。メガネをかけ、コップに水を注いで、再び客間に向かった。

またメガネをはずそうかと思ったけれど、結局そのままふすまを開けた。

ふとんには誰もいなかった。中の灯《あか》りはついていない。

「あ、こっちです」

よく見ると、足元の方に枕が置かれていて、その上にぬいぐるみが――やっぱりぬいぐるみがいた。何かの動物のようだが――あっ、そういえば名前が「山崎ぶたぶた」って言ってたから、ぶたなんだろうか。色は白っぽいとしか言えない。

ぬいぐるみは、タオルをバサバサ広げて、自分の上にかけた。

「わたし、このくらいで充分なんです」

大きさ的には確かに。

「寒くありませんか？」

バスタオル一枚では。

「大丈夫です」

「じゃあ、あとでもう一枚タオル持ってきます」

「おかまいなく」

「水です」

むっ、どうやって渡したらいいの？　と差し出したまま固まっていると、

「ありがとうございます」

と柔らかに手（ひづめ?）が添えられ、コップはぬいぐるみに渡った。そして、そのまま、ゴッゴッゴッと音を立てて飲み始める。

あっという間にコップの水がぬいぐるみに吸い込まれていく。ちゃんと傾いていくけど、口は――よく見えない。コップが曇っているし、暗いし。

「……はーっ。おいしかったです。ありがとうございました」

ぬいぐるみが空っぽのコップを差し出したので、つい受け取ってしまう。

「さっきお邪魔した時よりも、ずっと気分もよくなりましたので、朝にはお暇《いとま》できると思います」

知っている人なら「ゆっくりしていってください」と言うだろうが、この人はさっき初めて会ったばかり。人……人なのか？　声と話し方は、普通どころかかなり紳士的な雰囲気だが。

ぬいぐるみの外見にごまかされてはいけない、と思いながら、

「あ、お気になさらず……」

と当たり障《さわ》りのないことを答える。

「では、もう少し休ませていただきます」

彼は会釈《えしゃく》をすると、ゆっくり横たわった。そして、「ふーっ」と思いの外《ほか》大きなため息をつく。いかにもしんどそうな。

「あ、タオルもう一枚持ってきますね」

初子がバスタオルを持って客間に戻った時、ぬいぐるみはもう眠っていた。ちょっと苦しそうな寝息を立てて。

しかし、よく見ると目は開いているように見えた。点なんだけど。

灯りはやっぱりつけてなくてよかったな、と思う。


次の日の朝、夫に起こされる。

「なあなあ」

「何よ……」

まだ目覚ましが鳴る前ではないか。今日を待ちわびていたのはわかっているが。

「おかゆってどう作るの？」

「おかゆ？」

初子は起き上がった。

「何？　具合悪いの？」

「いや、俺じゃないよ。ぶたぶたさんに作ってあげようと思って」

「ぶたぶたさん？」

起きたばかりで頭がなかなか働かなかったが、やがて思い出す。

「ああ、昨日のぬいぐるみ」

正直、夢だと言われてもまったく疑わないが、朝になってもこの話が出るということは現実だったのか？

いやいや、もしかしたら人間に戻ったのかも。カエルの王子様みたいに。それとも、元々人間だった？

それじゃこっちがおかしいことになっちゃうな。

「そうそう。ぬいぐるみのぶたぶたさん」

……夫の妙にうれしそうな顔が癪《しゃく》に障《さわ》る。

「様子は見たの？」

「いや、おかゆでも作って、差し入れた時に見ようかなーって」

アレだ。夫は「おかゆができたわよ」「いつもすまないねえ」みたいなことをしたいだけに違いない。「いつも」どころか、おかゆなんて一度も作ったことがないのに。初子が具合が悪い時は、レトルトか息子が作ったんだから。

「それは――おかゆを作ってくれってこと？」

「いやっ、そういうわけじゃなくて……」

あたふたしている。図星だったらしい。

「とりあえず様子を見ようよ」

そう言って、階下に降りる。

客間のふすまをそっと開けると、タオルをふとんにしたぶたぶたの耳らしきものが見える。消えてなかった。

しかしまだ、単なるぬいぐるみになっている、という可能性もなくはない。

「寝てるみたいね」

と一応夫には言っておく。

「昨日寝る時も少し具合悪そうだったから、作ってあげようか」

まあ、残りご飯を使ったなんちゃっておかゆだけど。いつもたいていそうだ。ついでにうちの朝食にしてしまおう。

「ほんと⁉」

ご飯（洗うとかそういうことはしない）を土鍋で炊いて、だしを入れて、玉子を溶く。それだけだ。

夫が喜んで食べている横で、おかゆを茶碗によそい、きゅうりのお漬物とお茶をお盆に載せる。客間に静かに入っていくと、ぬいぐるみが目を覚ました。もぞもぞとタオルから顔を出す。

「あ、おはようございます」

昨日と比べるとだいぶ声が元気だった。

「おはようございます」

立ち上がったぶたぶたは、本当にぶたのぬいぐるみだった。バレーボール大くらいの(白ではなく)桜色の身体に、大きな耳。寝癖なのか右耳がそっくり返っていた。突き出た鼻に黒ビーズの点目。手足の先には濃いピンク色の布が張ってあった。

彼は、さささっとタオルを畳むと、畳の上で正座した。足が——伸びてやしないか?

「おはようございます、ぶたぶたさん。具合はどうですか?」

いつの間にか後ろに夫がひっついてきていた。

「ああ、小川さん。お世話をおかけしました。もうだいぶいいです。めまいも止まりました」

「それはよかった。いったい、なんだったんでしょうかね?」

「多分、風邪だと思います」

風邪——ぬいぐるみなのに、風邪……。

「あ、おかゆ作ったんで、召し上がりますか？」

さも自分の提案のように夫が言う。いや、作ったのはわたしだ。

「どうぞ」

「ありがとうございます。いただきます。お腹すいてたんです」

食欲が出たのなら、安心だ。っていうか、食べるのね、やっぱり……。水分はまあ、染み込ますという手があると思ったが、食べ物は……どうなの？

ぶたぶたはスプーンを手に取り（なんか手先にシワが寄っている）、茶碗を抱えて、ぱくぱくおかゆを食べだした。猫舌ではないらしい。すくったおかゆがパッパッと口があるあたりに消えていく。ほっぺたのあたりも微妙にふくれていたり、もぐもぐ動いていたりする……。

「あ、おいしいですね、おかゆ」

味もちゃんとわかるんだ。

「お米から炊いたんじゃないですけどね」

「うちもいつもそうです。時間ある時だけですよね、お米から炊くのは」

あら、気が合う。

「だしはなんですか？　うちはいつもほんだしなんですけど……」

「うどんスープの素《もと》です」

「ああっ。そうか、そういう手もありますね。うちはうどんスープの素っていうと、うどんかおでんなので――」

「ほんだしもいいですね。うちも今度使ってみます」

コンソメとチーズ入れるとなんちゃってリゾットになるかな――って何ほのぼの会話をしているのだろうか。彼の「うち」とは、妻子がいるって昨日聞いたから、そういうことなのか？　ぬいぐるみがご飯作ってるっていうの⁉

夫をキッとにらむ。爪の垢《あか》を煎《せん》じて飲ましてやりたい。まったくわかっていない顔をしているけど。そして、ぬいぐるみに爪はなさそうだけど。

「ごちそうさまでした」

お漬物も食べてくれた。

「おかわりもありますよ」

「いいえ、急にお腹いっぱいにはしないでおきます」

「じゃあ、お味噌汁はいかがですか？」

「いえいえ。もうこれ以上甘えられません。一晩お世話になっただけでも心苦しいのに。のちほど改めてお礼にうかがいます」

「そんな、お礼なんていいんですよ、ぶたぶたさん！」

まあ、わたしも別にお礼はいらないが、彼が真っ先にそれ言うのってどうなのかなあ。

「おふとんとタオル、ありがとうございました。では、これで――」

「あっ、ぶたぶたさん、電話で確認してからの方がよくありません⁉」

夫があわてて言う。

「連絡はおうちの方に来るんでしょう？」

ああ、携帯をなくしたから。

「家に留守電とか入ってるんじゃないでしょうか。帰ってからこっちの警察に来るのは二度手間でしょう？」

「あ、そうですね……。妻から電話も入っているかもしれないし」

「奥さん、に連絡してないんですか？」

どうもこの点目を前にすると、普通の単語が言いにくい。

「昨日、警察から電話しました。携帯がないと、やっぱり不便ですね……」

「どうぞ。使ってください」

夫がいそいそと電話の子機《こき》を持ってくる。

「ありがとうございます」

一つもためらいなく、電話番号を押す。家の番号くらい、当たり前か。なんでもすごく感じる自分がおかしいのか。

じっとしたまま身体の半分以上はある子機を布の耳に当てているぬいぐるみは、なかなかシュールだ。それを固唾《かたず》をのんで見守るわたしたちも、傍《はた》から見ると変なんだろう。

やがて、ぶたぶたがピッと子機を切った。

「妻と警察から電話が入ってました。ちょっと警察の方に連絡を入れていいですか？」

「どうぞ！　見つかったんですか？」

「そうみたいです」

しばらくぶたぶたは、電話の向こうの警官と話していた。そして、

「そうですか。じゃあこれからうかがいます」

と言って電話を切った。

「リュックが今朝方、届けられたみたいです。財布の中身も携帯電話も無事です」

「うわー、よかったですね！」

夫が自分のことのように喜ぶ。初子もほっとした。

「じゃあ、また改めてお礼にうかがいます」

「いや、気にしないでいいですよ！」

夫の上機嫌な言い草にそっとため息をつきつつ、

「とにかく、風邪をぶり返すと大変だから、おうちに帰ってゆっくり休んでくださいね」

と初子は言った。

「ありがとうございました」

ぶたぶたは何度も頭を下げて、帰っていった。閑散《かんさん》とした早朝の住宅街をぬいぐるみが立って歩いていく——すごい絵面《えづら》だ。

「はあああ〜、行っちゃった〜……」

なんだろうか、そのしょぼんとした顔は。黙っているといつまでも——それこそ息子一家が来るまで見続けそうなので、

「買い物に行ってきて！」

発破《はっぱ》をかけるように初子は言って、朝七時から開いているスーパーに夫を追い立てた。

これからお昼の用意をしなければ。

今日は、唯子の大好きなちらし寿司と巻き寿司だ。

ちらし寿司の具は、ほとんど昨日用意しておいた。巻き寿司の分も含めて酢飯を作らなければ。あとはお吸い物とサラダとデザート。普段は手抜きだが、孫のためのごちそうくらい、手をかけたい。

米を研《と》ぎ炊飯器のタイマーをかけて、ちらし寿司に入れる最後の具を煮るため、戻しておいた干ししいたけをきざんでいる時に、それは起こった。

どうしてそんなことになったのかよくわからなかったけれど——多分、すごく眠かったんだと思う。ずっとドレス作りで睡眠不足だったから。

「痛っ！」

包丁で左の人差し指の脇を切った。痛いというより、熱いと感じたくらいだった。

そんな、こんな時に。巻き寿司の具も切らないといけないのに。

ブツブツ言いながら傷を洗っていたら、いつまでたっても血が止まらない。よく見たら、けっこう切れているではないか……。傷口をギュッとおさえても血が止まらない、どうしよう……。

「ただいま〜」

玄関からのんきな声が聞こえる。夫がケーキや飲み物を買って帰ってきたのだ。

「行ってきたよ〜——えっ、どうしたの⁉」

血まみれの初子の左手を見て、夫は青ざめる。

「包丁で……切っちゃったの……」

初子はなぜか泣きだした。昨日までいっしょうけんめい準備したのに。唯子が来るから、ごちそうを出そうと思って。冷蔵庫には、簡単だけど時間がかかった、菱餅《ひしもち》みたいな三層ゼリーもある。巻き寿司のためのマグロやねぎとろ、そしてはまぐりも築地《つきじ》で買ってきた。

国内だが、飛行機の距離に住んでいる息子一家は、めったに帰ってこない。今回はたまたまこの時期になったが、今度は正月まで会えないかもしれない。それもまだわからない。

あたしが怪我《けが》したせいで、せっかくの帰省が台無しになったら——。

「大丈夫か、医者に行こう、早く！」

歩き出すと、くらっとした。血を見て貧血でも起こしただろうか。それともやっぱり寝不足のせいだろうか……。

開いたばかりの近所の病院へ駆け込む。出血は多かったが、思ったよりも傷は大きくなく、三針縫って帰ってきた。

痛みがひどく、人差し指は当然動かない。痛み止め飲んだのに、全然効かない……。それでもむりやりお寿司の支度をしようとしたが、なぜか右手まで震えてきて、うまく包丁が使えない。

「何泣きながら包丁使ってんだ、お前！」

夫に言われて、ようやく自分がボロボロ泣いているのに気づいたくらいだ。

「ちらし寿司はあきらめよう。ケーキもあるし、何かデリバリーでも頼もうよ」

「いや！」

もう自分が情けなくて、涙が止まらなかった。ちらし寿司、唯子が去年すごく喜んでくれたから、今年も作ろうと思ったのに……。今年は巻き寿司も食べてもらおうと思ったのに……。

「何か俺で手伝えることとあったら、言って」

おかゆも作れないような人に、頼めるわけないじゃない！

そう言いそうになって、ぐっとこらえる。

「できるの……?」

もしかして、何か奇跡が……?

「……無理だな」

夫のいいところは、自分のことをよくわかっているところだ。

「そうよね……」

初子はまた泣きだした。夫になぐさめてもらっても、一向に心は晴れない。

そのうち、炊飯器がピーピー言い出す。ああ、炊けたんだ、ご飯……。おにぎりも握れない……。もうちょっと自分が器用だったら、ドレスももっと早くできあがって、連日の睡眠不足もなかったのに——。

どのくらい時間がたっただろう。

突然、夫が台所へ飛び込んできた。

「初子! 助《すけ》っ人《と》呼んだぞ!」

もう何を言ってるの……。しかも、

「ぶたぶたさん、連れてきた！」

とさっきのぬいぐるみを出してきたのだ。

このぬいぐるみがいなかったら、少しは睡眠時間が長く取れたかもしれない――取れなかったかもしれない。

どっちにしろ、指を切ったのは事実なのだ。痛くて動かないのも。

「もうだめだよ。間に合わない。時間ないもの……」

「大丈夫ですよ」

ぶたぶたが言う。

「まかせてください」

「ぶたぶたさんはね、寿司職人なんだって」

え……？

初子の涙は、驚きのあまり止まった。

寿司職人？　あの布の手で？

手に全部酢飯がつくだろうに。

「何を作ろうとしていたんですか？」

初子の驚きを置き去りに、ぶたぶたはたずねる。

「ちらし寿司と巻き寿司です」

と夫が答える。

「ちょっと失礼します。すみません、小川さん、何か小さな椅子とか、踏み台なんかあったら用意していただけますか？」

「はい、ちょっと待ってて！」

夫が台所を出て行く。ぶたぶたは食卓の椅子をうんしょうんしょと引きずって、コンロの上の鍋をのぞきこむ。

「あ、しいたけとかんぴょうを煮ようとしていたんですね。冷蔵庫拝見してもいいですか？」

「はい……どうぞ」

夫がさっそく唯子用の椅子と踏み台を持ってくる。今度はそれを使って、冷蔵庫を開けた。

「錦糸《きんし》玉子やれんこんなんかの下ごしらえはできてるんですね。ご飯も炊けてる。巻き寿司に入れる具も切るだけですね。器は？」

「あ、えーと、それは……」

夫ではわからない。初子は立ち上がり、かわいいうさぎの重箱と真新しい寿司桶を取り出した。

「ご飯冷ますのは、こっちで」

と古い桶を差し出す。しゃもじとかふきんとかの用具もテキパキと確認して、頭の中で調理の手順を組み立てている様子がわかる。

夫なんかよりずっと使えそうな（失礼）気がする。手伝ってもらえば、なんとかできるかも！

初子は、医者でもらってきたシリコンの手袋をつける。ぶたぶたもどこから持参したのか、手（？）先を覆うビニール（指サック？）みたいなものをつける。二人して手術に向かう医師のようだ。

「マスクもします。風邪だとまずいんで」

白い不織布《ふしょくふ》に覆われてつぶれた鼻がもくもくと動く。マスクの紐は後ろで縛ってある。ところで、ぬいぐるみの風邪は人間に伝染《うつ》るのか？

「じゃあしいたけとかんぴょう切りますんで。巻き寿司の材料も作っときましょう」

「煮るのはできると思います」

痛み止めが少し効いてきたみたい。

「わかりました、その間に酢飯を作っておきますね」

ぶたぶたの包丁さばきは、人間技ではなかった。元々人間じゃないけど。煮物の材料を切り、冷蔵庫に入っていたマグロやイカや野菜も切ってくれた。バットにきれいに並べておいてくれる。

「扇風機ありますか？」

電池で動く小さな扇風機は、酢飯を冷ますのにちょうどいい。両手が使えるから。ぶたぶたはお酢と塩と砂糖を適量混ぜ、小さな手でしゃもじを時に二本使って、酢飯をあっという間に完成させた。初子が扇風機を使っても、こんなに早くはできない。この人、ほんとに寿司屋？

いや、そんなバカな。だってぬいぐるみなんだよ？

「そういえば、お孫さんがいらっしゃるそうですが、お好きな動物はなんですか？」

ここは「ぶた」と言うべき？　でも嘘はつけない。

「唯子が好きなのは、猫ね」

家で飼っているのだ。留守中はお友だちの家で預かってもらうらしい。

「どんな猫ですか？」

「三毛猫よ」

写真を見せてあげる。唯子と一緒に写っているものを。

「ふーん、なるほど」

ぶたぶたはそれをじっくり見ている。

「ちょっと冷蔵庫の中、見てもいいですか？」

「いいですよ」

夫なんかよりもずっと頼りになった。いくらでも見てください。

食材を取り出して、何やら腕組み（身体の真ん中にぎゅっとシワが寄っているだけにも見える）をして考えているうちに、しいたけとかんぴょうの煮物ができあがる。粗熱《あらねつ》を氷で取って、フードプロセッサーにかけ、水分をキッチンペーパーで拭き取る。それがけっこうめんどくさかったりするのだが、慣れた手つきで搾《しぼ》り取り、酢飯に混ぜ合わせた。指示の必要なんて一つもない！

ぶたぶたは、椅子や踏み台などを渡り歩きながら料理を続けている。移動しているというより、踊っているかのように軽やかだ。

「わー、きれいなゼリーですね！　これもお作りになったんですか？」

菱餅型ゼリーに感嘆の声をあげている。

「ありがとう。そうです、がんばって作ったの」

「かわいいですね。きっとお孫さん、喜んでくれますよ」

夫にはテーブルセッティングを頼んだ。こういうことはなぜか得意な人なのだ。花も飾った。もちろん、雛人形もある。小さなものだけど、顔が唯子に似ているのだ。

「あ、サラダを忘れてた！　お吸い物も！」

それに気がついて、初子はまた泣きたくなった。

「あ、作っておきましたよ。ドレッシングもできてます。適当ですけど」

まあ！　ドレッシングは買っておいたものがあるのだが、なんだかおいしそうだ。

サラダは初子が予定していたものよりもずっと彩り豊かで、量もたっぷりだった。玉ねぎスライスとかいつ作ったの？　ドレッシングには人参《にんじん》が入っているのと入っていないのが。唯子は野菜嫌いではないので、喜ぶだろう。

はまぐりのお吸い物も、鍋にちゃんとできていた。いつの間に……！

「明人から電話来たよ。買い物してから来るって」

夫が電話片手に台所へ入ってきた。

「じゃあ、巻き寿司を作りましょう」

初子は痛みをこらえながら、細巻きを作った。かっぱ巻き、鉄火巻き、ねぎとろ巻き、イカしそ巻き、かんぴょう巻き。ぶたぶたは太巻きを作ってくれている。巻くスピードだけを見ていたら、どう考えてもプロだ。しかし、視線を上げると人間ではないのよね……。

そして、ちらし寿司の仕上げも一緒にやってくれた。丸い寿司桶に煮物を混ぜ込んだ酢飯を敷き、れんこんや海老、錦糸玉子、いくらやさやえんどうを載せたら完成だ。

重箱には太巻きや細巻きが、これまたセンスよく盛りつけられた。これは——本当にお寿司屋さんかもしれない。こんな普通の台所に置いてあるものだけで飾りつけているのに、とても美しい。

しかも、太巻きの一つは飾り巻きになっていた。唯子の好きな猫の柄だ。

「そっくりにしようとして、ちょっと失敗しました……」

確かに三毛猫だとはわかるが、柄は違う。しかし、すごくかわいくできていた！　唯子は絶対喜ぶだろう。

食事の用意がすべて終わった時、ぶたぶたは手袋（?）をバッとはずした。

「では、わたしはこれで失礼します」

「ええっ、食べてってくださいよ！」

夫が言った。さすがに初子も同意する。

「いえ、家族水入らずのところにお邪魔はいたしません。昨夜のお礼ですんで、お気になさらず」

「そんな！」

初子はまた泣きそうになる。が、

「わたしも早く家に帰らないと。家族が早めに帰ってくるって言ってたんで」

と言って、肩に黄色いリュックを背負った。荷物、無事に戻ったんだ。

「ありがとうございました……」

初子は、そう言って頭を下げるのが精一杯だった。

「また連絡いたします。では」

ペコリとお辞儀をして、ぶたぶたは風のように去っていった。その背中を見送りながら、夫が言う。

「警察で荷物受け取った時に、電話くれたんだ。初子の怪我のこと話したら、手伝ってくれるって」

「なんで話したの？」

「昨日、荷物一緒に探してる時、寿司屋だって聞いたから。名刺ももらった」

夫が見せてくれた名刺には、築地の有名寿司店の名前が書いてあった。

「テレビで見たことある店だ！」

山崎ぶたぶたって、ほんとに印刷してある……。

「ほんとなの？」

「そうだよ」

「ぬいぐるみなのに？」

「俺よりは手伝えそうだと思ったし」

なんにもしてあげなかったのに……朝だって、あんなおかゆじゃなくて、もっとおいしいものを出してあげればよかった。もっと優しくしてあげればよかった。ふとんで寝てもいやな顔しなければよかった。

でもなんか……元気そうに走っていった。それがなんだかうれしくて、初子はまた涙ぐんだ。

夫婦二人で、見えなくなるまでぶたぶたを見送ると、息子一家がやってくるのが見えた。

「おばあちゃん！」

唯子が走ってくる。ああもう……ぶたぶたより大きい。

初子は飛び込んできた孫娘を抱きしめる。

「おばあちゃん、さっきニャーニャ見たよ、変なニャーニャ！」

「どんなの？」

「うんとねー、ピンク色でねー、立って走ってた！」

初子と平は、大声で笑った。

あとがき

お読みいただき、ありがとうございます。

ぶたぶた、今回は食べ物屋さんのスピンオフ集です。前のを読んでなくても、大丈夫です。新しいのもあります。表紙でバレバレですかね……。

どうなっているかは、読んでのお楽しみということで。


今回は、小説の取材について書きます。

といっても、私は元々あまり取材をしない人間でして……。今までもそうだったのに、年を取るごとにどんどんインドアになっていきます。外に出るより、頭の中で妄想《もうそう》を巡らす時間がどんどん増えている——それが私。

ただ、食べ物屋さんの場合、わざわざ取材に行くというより、元々好きで行っていたお店を参考に書く場合が多いです。その最たる例が『ぶたぶたカフェ』。パンケーキ、ホットケーキの類が好きで、食べ歩いているうちに書いたものですんで、いまだにいろいろなところに行ってます。ブームに関係なく、これからも食べ続けます。甘い粉物大好き。たくさん食べられないいんだけどね。

パンケーキやホットケーキだと、敷居もお値段も高くありませんが、お寿司となるとカジュアルなところから目の玉が飛び出るようなところまで様々です。

今回は珍しく、築地《つきじ》のお寿司屋さんに取材してきました。

築地——お魚好きな人にはあこがれの場所。行こうと思えば別に遠くないし、元々超早起きの朝型人間なので、そんなにつらいわけでもない。

なのになぜ今まで行かなかったかというと、

「電車が混んでそうだから」

混んだ電車にはもう、なるべく乗りたくないのです。タクシーに乗れない体質なので、そういう楽もできないから、頼りの電車が混んでいると、少ないエネルギーをどんどん吸い取られる。

しかし「取材」という言葉には、私のこのめんどくさがりとぐうたらさをどうにか押さえつける力があり――重い腰を上げて行ってまいりました。

それに、私の家から築地までは、地下鉄で乗り換え一回だったので、ぎゅうぎゅう詰めにもならず、比較的スムーズに着きました。

あいにくの雨模様だったのですが、そうじゃなかったらもっと人がいたのかな……。有名寿司店には大行列でした。

私たちは、編集さんおすすめのお寿司屋さんへ。Fさん、Yさん、ありがとうございます！

そこで、とても新鮮で大変おいしいお寿司をいただきました。私、実はウニが苦手（食べられないわけじゃない）なんですけど、一番のネックは匂いなんですよね。ウニ独特の潮の香りというのでしょうか。あれがなぜか消毒液みたいに思えてならなかったのです（これはぶたぶたにも言わせてますけど）。

しかし、ここで食べたウニにその匂いはなかった！　こんなウニ食べたことなかった！　これなら毎日食べてもいい！　と思いました。

もちろん、おいしいのはウニだけじゃなかったんだけど、ウニのインパクトにみんな吹っ飛んだ感じですね――。札幌《さっぽろ》のお寿司屋さんでイクラ食べた時と似ている。イクラもその時から食べられるようになったけど、ウニは同等に新鮮じゃないとダメかもしれない……。

そんなこんなを踏まえて、今作を書きました。いや、ちょっと方向性違うんですけど、どうかご賞味ください。

今回も手塚《てづか》リサさんのかわいい表紙に注目です。この表紙でこの中身はいいんだろうか、と思いつつ、どうにもかわいすぎてそのままにする事態に。

いつもありがとうございます。楽しく描かれていたら幸いです。

そのほかにもお世話になった方々、ありがとうございました。

もうじき今年も終わりますが、私の今年の食べ物テーマは「フルーツ」だったな——と思っております。いっぱい果物をいただきました。マンゴーで少し喉《のど》がイガイガするってわかった。

来年はどんなテーマで食べようかな……。鬼が笑うな……。

光文社文庫

文庫書下ろし

ぶたぶたのおかわり！

著者　矢《や》崎《ざき》存《あり》美《み》

2014年12月20日　初版1刷発行

発行者　鈴木広和
印刷　萩原印刷
製本　フォーネット社

発行所　株式会社　光文社
〒112-8011　東京都文京区音羽1-16-6
電話（03）5395-8149　編集部
8116　書籍販売部
8125　業務部

ISBN978-4-334-76840-9　Printed in Japan

組版　萩原印刷

お願い　光文社文庫をお読みになって、いかがでございましたか。「読後の感想」を編集部あてに、ぜひお送りください。
このほか光文社文庫では、どんな本をお読みになりましたか。これから、どういう本をご希望ですか。どの本も、誤植がないようつとめていますが、もしお気づきの点がございましたら、お教えください。ご職業、ご年齢などもお書きそえいただければ幸いです。当社の規定により本来の目的以外に使用せず、大切に扱わせていただきます。

光文社文庫編集部